KB131060

상큼하진 않지만

김학찬 장편소설

상큼하진 않지만

문학동네

차 례

프롤로그 007

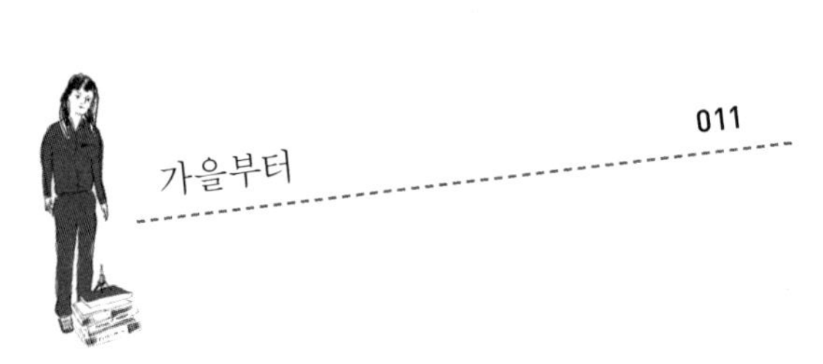

가을부터 011

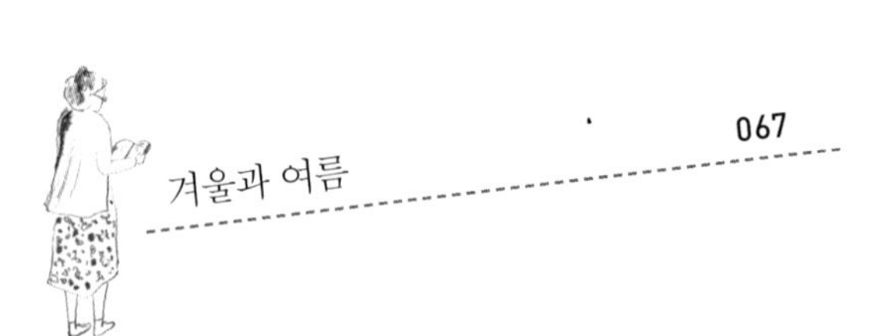

겨울과 여름 067

다시, 가을 133

에필로그를 빙자해서 199

작가의 말 203

프롤로그 : 키티의 귀환

큰누나가 돌아왔다. 가출한 지 얼마 되지도 않았는데 정말 돌아왔다. 큰누나가 유행에 민감하다지만, 요즘 이게 유행이라지만, 이렇게 빨리 돌아오다니 타의 모범이 될 만하다.

큰누나는 '다섯 자리'라는 이름이 적힌 커피를 들고 있다. 누나들 덕분에 관심도 없는 커피 브랜드를 줄줄 알고 있다고 생각했는데 처음 본다. 또 새로운 유행인가? 무표정한 얼굴의 키티가 그려져 있는 캐리어는 또 뭐지. 선글라스와 밍크코트에 키티 바지라니 가볍게 해외여행이라도 다녀온 사람 같다. 삼식이가 꼬리를 위로 세우고 낯선 사람을 향해 야르릉야르릉 울었다.

침입자는 벨도 한 번 누르지 않고 당당하게 열쇠로 현관문을 열고 들어왔다. 딸깍거리는 소리에 작은누나가 온 줄 알았던 엄마는 큰누나를 보고 그대로 굳어 버렸다. 그러게 전자식 열쇠로 바꾸자니까.

밍크코트가 무엇인지 잘 모르지만, 큰누나가 털 달린 비싸 보이는 옷을 입고 있으니 밍크코트 같아 보였다. 작은누나가 입고 있었다면 원시인이나 입을 만한 털가죽 옷이라고 생각했겠지. 무슨 색인지 표현도 안 되는 머플러와 11월의 밍크코트, 게다가 갈색 선글라스와 키티가 그려진 바지. 큰누나는 회사원보다 예술가가 더 어울릴 것 같다. 진짜 고양이인 삼식이는 그르릉거리며 계속 큰누나를 경계했다.

"엄마, 오랜만이야!"

큰누나가 엄마를 보며 밝게 웃었다. 엄마 얼굴은 속이 쓰려 보인다. 위장약이라도 갖다 줄까?

엄마 목에서 꿀꺽, 하는 소리가 들린 것 같다. 하지만 이미 늦었다. 싸움은 선빵 아니던가. 큰누나의 귀환, 그 자체가 강력한 선제공격이다. 엄마는 한쪽 벽을 짚고 서 있다. 보나 마나 엄마는 방어하기에도 급급할 것이다.

"넌 대체 정신머리가 있……!"

"귀여운 막내 동생! 잘 있었어?"

역시 민첩한 큰누나답다. 엄마가 간신히 날린 공격을 간단히 피하면서 엄마에게 경고까지 했다. 엄마는 내가 아무것도 모른다고 생각한다. 그래서 내 앞에서 큰누나와 싸울 수 없다. 이 싸움은 민감하고 교육적인 문제다.

정찰은 중요하다. 상대가 무엇을 하는지 봐야 전략도 짜고 전술도 건다. 그러나 정찰은 아무나 하는 게 아니다. 정찰을 잘하려면 부지런해야 한다. 부지런한 게이머가 상대를 잡는다. 끊임없이 상대가 무엇을 하는지 주변 사람들을 동원해서라도 세심하게 파악해야 한다. 엄마는 큰누나에 대한 정찰을 게을리했다.

엄마는 단돈 이만 원에 집안 사정을 샅샅이 보고한 정찰병을 예상하지 못했다. 유사 이래 배신자는 늘 가까이에 있다. 그러게 지난번 협상에서 용돈 좀 올려 주지.

"너, 나중에 애 없는 데서 보자. 휴……."

엄마는 한숨을 푹 내쉬더니 부엌으로 들어가 버렸다. 삼식이도 엄마를 따라 부엌으로 종종종 후퇴했다. 엄마를 보니 가슴이 찡했다. 엄마, 그냥 지금 여기서 싸워도 돼요. 까짓것 한판 해도 괜찮아요. 제가 어린앤가요. 다 알아요. 피해 드릴게요. 용돈만 주면. 엄마 파이팅. 그러니까 용돈만 주면. 하지만 이건 머릿속에서 뛰어다니는 생각일 뿐이다. 이미 엄마는 큰누나의 기세에 눌렸다. 사람은 기세의 동물이다.

엄마가 전심전력을 다하더라도 승산이 있을까? 타격을 입힐 수는 있겠지만 이길 수는 없다. 큰누나와 맞상대할 수 있는 사람은 오직 하나, 작은누나뿐이다. 두 사람의 승률은 반반이다. 영원한 맞수, 영원한 라이벌. 짜장면과 짬뽕, 물냉면과 비빔냉면 같은. 작은누나는 저녁에나 오겠지.

"큰누님이 오셨는데 반갑지도 않아?"

큰누나가 생글생글 웃는다. 스파이를 보호해 주기 위한 연극인지 혹시라도 내가 엄마 편에 붙을 것을 염려해서 경고를 하는 건지 모르겠다. 큰누나는 예쁘고 귀엽고 섹시하지만 영원히 표정을 읽을 수 없는 키티 같다. 키티만큼이나 큰누나는 알 수 없는 존재다.

『전쟁론』에서 클라우제비츠는 전략과 전술을 구분했다. 전략적인 승리를 위한 전술적 후퇴. 나는 배시시 웃으며 슬금슬금 내 방으로 물러났다. 물론 방문은 완전히 닫지 않고 조금 열어 두었다.

열일곱 살 막내는 스물아홉 살 장녀를 이길 수 없다. 나의 지원군이 되어 줄 수 있는 엄마는 벌써 훗날을 기약하며 부엌으로 물러섰고 작은누나는 집에 오려면 한참 멀었다. 늘 지기만 하는 패전 전문가인 엄마도 물러섰는데 내가 싸워서 얻을 수 있는 이익은 없다. 장소? 우리 집이니까 내가 유리한 곳일 텐데, 전혀 유리하게 느껴지지 않는다.

"아홉수가 사납다더니…… 큰딸마저……."

부엌에서 엄마의 통곡 소리가 들려왔다. 엄마의 울음소리가 전투를 알리는 나팔소리처럼 온 집 안에 울려 퍼졌다. 우우우우, 개전은 이른데. 어쨌거나 큰누나의 귀환과 함께 내전이 시작되었다.

파이π의 소수점 아래를 무한히 세는 것은 불가능하다. 우연하게도 큰누나의 귀환과 맞물려 파이의 소수점 아래와 같던 내 삶에 변화가 생기기 시작했다. 무한히 계속되지만 규칙을 찾아낼 수 없는, 죽어도 끝나지 않을 것 같던 평범한 생활에 균열이 온 것이다. 문틈으로 엿보니 큰누나의 웃는 모습이 가훈이 든 액자 유리에 비쳤다. 가훈은 '착하고 바르게 살자'. 없던 가훈을 급조하면 저런 게 나온다.

가을부터

1

부엌으로 물러난 채 울며 탄식하는 엄마의 전략은 그저, 그랬다. 쿨한 도시 여자인 큰누나는 픽 웃더니 텔레비전만 봤다. 엄마의 탄식은 길게 가지도 못했다. 용돈이 없는 한 엄마와 연합할 생각은 없다.

냉정하지 못한 엄마의 섣부른 공격을 큰누나는 생긋생긋 웃으며 받아쳤다. 입이 꽉꽉 막힌 엄마는 어쩔 수 없이 작은누나를 기다렸다. 그러나 시간만 보낸다고 문제가 해결되는 건 아니다. 지원군은 아무리 문자메시지라는 봉화를 보내도 감감무소식이었다.

아침과 반찬이 같았다. 머리카락 같은 파래무침, 칼이라도 맞았는지 허리가 드러난 차가운 조기, 기운 없이 축 늘어진 김치와 얄팍하고 가벼운 도시락 김. 이게 엄마가 할 수 있는 유일한 공격이다.

입맛이 까다로운 큰누나의 눈썹이 위로 올라갔다. 우리 가족이라서가 아니라 정말 큰누나는, 정말 예쁘다. 자신의 감정을 눈썹의 움직임을 통해 드러내는 것도 우아하다. 큰누나는 세련되게 '나 화났어.', '나 이거 마음에 안 들어.' 하는 표정을 지을 줄 안다. 천성이 예술적이고, 귀족적이다. 큰누나가 왜 연예인을 하지 않았는지 모르겠다. 고등학교 때부터 꽤 제안이 많았다던데. 작은누나는 꾸밀 줄도 모르고 면바지만 입고 다닌다. 아주 예전에 술 취한 아빠가 작은누나에게 넌 공부를 잘해서 참 다행이라며 칭찬한 적도 있다.

달그락, 달그락.

큰누나는 태연하게 밥을 먹었다. 그럭저럭 봐줄 수 있다는 듯, 이 정도는 받아들이겠다는 듯. 숟가락 소리는 텔레비전 소리에 묻혔다. 저녁 드라마에는 평범해 보이는 가족들이 웃으며 식사하는 장면이 나왔다. 저기서도 곧 갈등과 싸움이 일어나겠지. 우리는 텔레비전을 사이좋게 보면서 저녁을 먹었다. 식탁 밑에서 삼식이가 내 발등을 친다. 그러고 보니 아무도 삼식이에게 밥을 주지 않았다.

아쉽게도 진정한 개전은 일어나지 않았다. 강력한 원군인 작은누나가 집에 들어오지 않았다. 전화도 받지 않고.

효주 꿈을 꾸었다. 늘 그렇듯 중요한 순간에 꿈은 깨졌다. 꿈으로부터 로그아웃, 아니 로그인, 아니 로그아웃된 나는 팬티부터 살펴봤다. 다행이다. 그러나 꿈이 아쉽다.

도마 소리가 목탁 소리처럼 낭랑하게 울려 퍼지고 이따금 긇고 김 새는 소리가 들렸다. 소리만 들으면 평화로운 아침이다. 창문을 열어 보니 나무들은 눈물 대신 낙엽을 흘리고 있었다. 차가운 공기가 내 방으로 밀려들어 왔다. 찬 공기를 한 입 먹고 크게 숨을 내쉬었다. 덜 깬 잠을 내뿜는 기분이다.

나 혼자 아침을 먹었다. 이 시간에 일어나 아침상 앞에 앉을 큰누나가 아니다. 뺀질하게 생긴 전 매형이 마음에 들지는 않았지만 큰누나도 잘한 일은 없을 것 같다. 큰누나와 삼식이는 참 잘 잔다. 엄마는 나에게 눈길도 주지 않았다.

"엄마."

"엄마."

"엄마."

세 번을 부르고 나서야 엄마는 칼질을 멈추고 나를 돌아보았다. 표정은 세상 다 산 것 같은데 식칼을 들고 있어서 기괴했다. 미술 시간에 본 추상화 같다. 눈이라도 부었으면 좀 더 그럴듯했을 텐데. 내가 엄마를 물끄러미 쳐다보자 엄마는 내게 뭔가 재촉하는 듯한 시선을 보내왔다. 이럴 때 내가 해 줄 수 있는 말이 없을까…….

"엄마 미역국이 너무 짜."

"……그냥 먹으렴."

"짜게 먹으면 고혈압 걸린다는데."

"니 나이 때는 괜찮아."

"엄마한테 안 좋잖아."

"난 안 먹을래. 입맛도 없어. 은희가 이혼하고 집에 왔는데 내가 무슨 입맛이 있겠니, 내가 죽일 년이지, 내가 죽일 년이야. 어쩌자고 장녀가 벌써부터 이혼해서, 내가 남부끄러워서 살겠니? 현지는 대체 왜 집에 안 들어오는 거니, 응? 하나는 이혼하고 하나는 밤에 집에 들어오지도 않고 못 살겠다 못 살겠어. 부모는 문서 없는 종이라는 말이……."

큰누나에게 용돈을 받았지만 어제 낮에 피시방에서 돈을 좀 썼다. 매점에서 라면으로 때우기에는 돈이 아깝다. 컵라면, 삼각김밥 하나면 피시방이 한 시간이다.

"누나가 이혼했는데 밥이 넘어가니!"

그럴 거면 뭐하러 아침은 차려 줬지? 이혼이 좋은 건 아니지만 불편하지도 않던데. 우리 집도 아빠 없이 잘 살고 있잖아. 감정적인 공격은 손해만 가져올 뿐이다. 게임에서는 이런 상황을 두고 발끈러시라고 한다. 냉정하게 생각하면 손해 볼 게 뻔한 공격인데 우선 열 받으니까 공격부터 한다. 잠시 후 처참하게 죽어 가는 자신의 병력을 보며 후회를 하지만 늘 후회는 늦은 거 아닌가. 그러니까 후회겠지.

물론 이 발끈러시는 때때로 상대방의 허를 찔러 심대한 타격을 주기도 한다. 하지만 나로서는 발끈러시를 받아 줄 이유가 없다. 이혼은 큰누나와 전 매형 간의 문제지, 내 문제가 아니다. 백 번 양보해서 우리 가족의 문제라고 치자. 그래서? 자기보다 열 살도 더 어린 내 말을, 미성년자인 내 말을 큰누나가 잘도 듣겠다. 엄마 말도 안 듣는데 내 말을 들을 리 없다.

내가 할 수 있는 건 아무것도 없다. 고등학교 1학년, "어이 거기 세상에서 제일 평범한 학생! 그래, 너 말이야!" 하면 일제히 뒤돌아볼 대다수 중 한 조각이다. 이런 상황에서 멋지게 무게를 잡으며 어머니, 누님, 고정하십시오, 하는 건 나답지 않다. 어차피 엄마는 그저 들어 줄 상대를 원하는 거고. 용돈을 좀 준다면 모를까, 귀찮다.

"학교 다녀오겠습니다!"

엄마도 곧 발끈러시를 후회하겠지. 엘리베이터를 기다리면서 한 숟가락만 더 먹을걸 하는 후회가 들었다. 나는 아직까지 성장기……다. 작년이나 올해나 신체검사에서 측정한 키가 같아서 슬픈 청소년이다. 벌써 자랄 대로 다 자란 건 아니겠지. 나는 더 자라고 싶다. 아직도 성장기라고 믿고 싶다. 우리 집에서 가훈대로 사는 사람은 나밖에 없는 것 같다.

1교시가 끝나자마자 옆 반에 영현이를 보러 갔다. 영현이는 교복 재킷을 머리끝까지 뒤집어쓰고 자고 있었다. 흔들어 깨우자 짜증부터 부렸지만 곧 일어났다. 눈이 시뻘겋다.

"아놔, 잠 좀 자자."

"어제도 밤새도록 했어?"

"몰라, 인마."

"또 졌구나?"

"아이 씨, 거의 다 이겼는데."

"매번 거의 다 이기면 뭐해. 확실히 이겨야지."

"진짜 다 잡은 경기였다구. 빌드부터 내가 유리했는데 한판 싸움에서 어이없게 졌다가 그대로 본진까지 밀렸어. 계속 소모전만 할 걸 괜히 한판 붙어서……. 지금도 자꾸 눈에 아른거려. 꿈에도 나오고. 아우 씨."

"그럼 앞으로 몇 판 더 이겨야 되는 거야?"

"몰라. 처음에 연습생 뽑힐 때만 해도 잘나가는 것 같았는데 요즘은 자꾸 지기만 하고. 진짜 프로는 프로야. 유리하다가도 쫌만 실수하면 그걸로 끝이야. 흐아, 이기고 있을 때도 맘을 놓을 수가 없어."

"오늘 학교 끝나고 형님이 상대 좀 해 줄까?"

"인마, 과거의 루키 님이 아니야. 이제 너 정도는 키보드 선 뽑고 왼손으로 마우스질해도 충분해."

"그래 봐야 연습생이면서. 오늘 숙소 안 가면 나랑 피시방이나 가. 총알은 넉넉해."

"넌 그 연습생도 떨어졌잖아."

사악한 놈. 아픈 곳을 찌른다. 재미 삼아 영현이를 따라간 테스트에서 나는 무참하게 졌다. 기대도 하지 않고 간 거지만 떨어진 기억이 좋을 리는 없다.

"오늘도 게임 이야기냐? 폐인들."

도훈이 녀석이 빈질거리며 시비를 건다. 영현이네 반에 놀러 오면 꼭 저 녀석이 와서 깐죽거린다. 초등학교부터 중학교, 고등학교까지 모두 동창인 데다 엄마들끼리도 잘 아는 사이지만 난 그냥 저 녀석이 싫다. 좋고 싫은 데 이유가 있나, 뭐.

"신경 끄지?"

영현이가 눈을 부라리자 시뻘건 눈에 겁을 먹었는지 도훈이는 슬쩍 물러났다. 영현이 키는 백팔십이 넘는다. 영현이를 보면 게임을 많이 하면 키 안 큰다는 말도 거짓말 같다. 싸울 자신도 없으면서 도훈이 녀석 성격도 참 이상하다.

"웬일로 총알이 넉넉해?"

"큰누나한테 정보 이용료 좀 받았어."

"꼼수쟁이. 여튼 좋지, 프로의 실력을 감상하게 해 주마. 지는 사람이 피시방 쏘기 콜?"

"연습생 주제에 총알은 있냐? 이기든 지든 형님이 쏠 테니 걱정 마."

"야, 아무리 연습생이라도 아마추어한테 질까 봐? 난 준프로야 준프로. 어디서 아마 따위가 준프로한테 들이대."

"그 '준' 자나 어서 떼. 프로가 아마한테 깨지는 거 못 봤어?"

"그게 언제 때 얘긴데. 그때는 프로가 프로가 아니었던 시절이고. 이제 프로는 확실한 프로야. 밥만 먹고 겜만 하는 프로한테 아마가 이길 것 같아? 프로게이머는 엄연한 전문직이라고. 세세한 유닛 컨트롤하는 방법 하나하나까지 코치가 딸리고, 연구하고 무한 연습하는 거 몰라? 연습생 신분 얻는 것도 전교 1등 하는 것보다 어려우면 어렵지 쉽지 않다니깐."

"그래그래. 프로게이머 자격증 취득하고 정식 입단하면 그때 보자니까."

종이 울렸다. 쉬는 시간 십 분은 늘 너무 짧다. 점심시간 한 시간도 짧기는 마찬가지다. 이야기가 막 열이 오를 만하면 종이 치고, 축구가 한참 재미있을 만하면 종이 치고, 만화책에 중요한 장면이 나오면 항상 종이 친다. '재미있는 학교 만들기'라며 이것저것 학생들만 피곤하게 하지 말고 쉬는 시간이나 오 분 늘려 주면 학교 다닐 맛이 날 텐데.

2교시는 수학, 담임 시간이다. 나는 담임을 잘 안다. 고등학교 1학년, 학교에 다닌 지 햇수로 십 년째다. 정말 오랜 시간이다. 태어나서 해 본 일이 학교 다니는 일밖에 없으니. 전학까지 포함해서 거쳐 간 담임만 무려 열한 명이다. 수십 명의 학교 선생님, 기억도 안 나는 학원 선생님까지 합하면 내가 만난 선생님은 백 명도 넘는다.

담임은 다른 선생님들과 다를 게 없는 평범한 선생님이다. 조금 게으른 것 빼고. 평범한 학생들에게 그다지 관심을 두지도 않고 딱히 성실을 강요하지도 않는다. 젊은 선생님들의 관심과 열정은 좋기도 하면서 한편으로는 부담스럽다. 나 같은 애들은 이런 선생님이 편하다.

"자자, 백성들아. 이것부터 하고 진도 나가자. 돌려."

담임은 종이 한 뭉치를 교탁 위에 던졌다. 종이를 받아 보니 '진로 계획서'라고 적혀 있었다.

"지겹게 많이 해 봐서 잘 알지? 사내놈들 호빠니 이런 거 쓰기만 해 봐라. 자자, 십 분 준다."

호빠란 소리에 어머, 킬킬 하고 웃는 소리가 들렸다.

"성심성의껏 잘 작성해라. 나중에 대학 갈 때 교수들이 참고하니까 꼼꼼하게 잘 써. 전부 정시로만 대학 갈 거 아니잖아? 니네 선배들 보면 말이야, 1학년 때 컴퓨터 프로그래머 쓰고, 2학년이 되니까 문과 가서 CEO라고 썼다가, 3학년 때는 교사라고 했다가, 대학은 정치학과 가더라. 사람이 일관성이 있어야지 말이야, 일관성이. 니네가 정치학과 교수면 그런 애 뽑고 싶겠어? 그런 애가 정치해도 되겠어? 시켜 주지도 않겠지만 말이야. 어차피 대학이야 그때그때 점수 맞춰서 붙여 주면 살려 주셔서 감사합니다, 하고 가겠지만 생각 좀 하고 쓰라고. 축구 선수, 야구 선수 이런 것도 쓰지 말고. 내가 직접 물어봐서 아는데 박지성하고 박찬호는 초등학교 때부터 잘했다더라. 니네들은 이미 늦었어. 부모님 사업 물려받을 사람 있어? 없지? 애들처럼 판사 의사 이런 것도 좀 쓰지 말고. 니네들이 초딩이야? 현실성 있게 자기가 나중에 진짜 하고 싶은 걸 쓰란 말이야."

담임의 잔소리와 사부작사부작 쓰는 소리, 소곤소곤 떠드는 소리가 섞여서 들려왔다. 언제나 무엇을 해야 하는지 모른 채 입학했다. 대학도 그럴까. 그냥 공부만 하면 된다고 막연하게 생각했는데.

"쌤!"

"왜."

"근데 갑자기 웬 장래 희망 조사예요? 좀 있으면 학년도 다 끝나 가는데."

"누군 지금 하고 싶어서 하냐?"

"그럼요?"

"원래 학년 초에 해야 되는 건데 까먹었다. 전산에 입력해야 되거든. 어이, 거기 웃지 마. 늦었어도 할 건 해야지."

고등학교에 와서 처음 하는 장래 희망 조사다. 다른 애들은 진로 계획서에 뭘 적고 있으려나. 중학교 때는 장래 희망이라고 했는데 고등학교에 오니 거창하게 진로 계획이란다.

초등학교 때부터, 유치원에 다니기 이전부터 숱하게 해 왔던 장래 희망 조사였는데……. 엄마 아빠란 말을 배우고, 몇 가지 말을 더 배우고 나서, 그때부터 넌 커서 뭐가 되고 싶니? 좀 더 시니컬하게 말하면 커서 뭐 될래? 하는 질문을 받아 왔다.

꼬꼬마였을 때는 과학자 아니면 군인, 대통령 정도면 정답이었다. 여자애들도 선생님이나 간호사 같은 비슷비슷한 대답이었다. 군인이라고 대답하는 애들은 장군이나 파일럿이라고 정정해서 말하는 법을 배워야 했다. 여자애들도 간호사 대신 의사나 약사로 꿈을 바꿔야만 했을 것 같다.

초등학교 때도 비슷했고……. 다들 오랫동안 비슷비슷한 장래를 희망해 왔다. 중학교에 들어가서야 과학자가 되려면 수학을 공부해야 되고, 수학은 어렵고 어렵고 어렵다는 사실을 깨달았다. 또 과학자 따위를 꿈이라고 말하면 얕보인다는 것도 눈치챘다. 중학생이라면 물리학자나 화학자라고 대답할 만한 품격을 갖추어야 하는 나이다.

나중에 무엇을 할지 고민해 본 적은…… 이런 걸 적을 때 말고는 없었다.

영현이는 뭘 썼을까. 영현이네 반은 예전에 이미 조사했을 텐데. 지금처럼 이대로 평범하게 살면 좀 쉬울까.

"뭐야, 아직도 덜 썼어? 진로에 대해서 평소에 생각 좀 하고 살아. 의문 없이 살 수는 없어. 캬, 내가 했지만 정말 멋진 말이다. 다 못 쓴 애들은 오늘 중으로 써서 종례 시간에 제출해. 그리고 니들이 잘할 수 있는 걸 쓰란 말이야, 잘할 수 있는 거. 백수나 프로게이머 이런 거 쓰면 맞는다. 장난치지 말고 진지하게 쓰란 말이야."

2

내가 뭘 하든 이길 수 있다고 하더니, 영현이의 키보드 소리가 피아노를 연주하듯 경쾌하게 들린다. 슬쩍 옆을 훔쳐보니 자신만만한 얼굴이다. 그동안 녀석이 엄청나게 성장한 걸까. 왠지 불안하다.

나는 방어를 하면서 자원을 더 채취하는 쪽을 선택했다. 게임은 현실과 달리 공평하게 시작한다. 시작이 같은데도 게임에서 승패가 존재하는 이유는 선택 때문이다.

선택은 자원과 병력으로 나뉜다. 초반에 자원을 모으는 데 집중하면 병력이 적어 상대의 공격을 막기 어렵다. 대신 시간이 흐를수록 기하급수적으로 늘어나는 자원을 바탕으로 많은 병력을 생산할 수 있다. 반대로 초반에 병력을 더 생산하면 빠른 시간 안에 상대방에게 피해를 줘야 한다.

잠시 후 영현이의 병력이 내 본진 앞에서 얼쩡거리는 게 보였다. 병력은 나보다 많지만 지형은 수비하는 나에게 유리하다. 영현이는 자신의 병력을 전진시켜 내 병력에 약간의 데미지를 입혔다가, 다시 후퇴했다가, 다시 전진시키기를 반복했다. 도발에 넘어가서는 안 된다. 나에게는 아직 시간이 더 필요하다. 오 분만, 이제 사 분만, 이제 삼 분만, 이 분 정도만……. 병력을 생산하는 시설이 대거 건설 중이다. 병력들이 쏟아져 나올 때까지 이 분만 더 버티면 된다.

승패는 이 분 사이에 결정되었다.

바르지 못한 녀석 같으니. 영현이의 주력 병력이 수송기를 타고 내 본진 깊숙한 곳에 내렸다. 나는 내 시야에 보이는 대로, 영현이의 모든 병력이 여전히 내 본진 앞에 있다고 생각했다. 드롭이 드문 전략은 아니다. 드롭할 경우 영현이의 병력은 나뉘게 된다. 그래서 영현이가 드롭을 하더라도 막아 낼 수 있을 거라고 생각했다.

오판은 컨트롤이었다. 영현이의 컨트롤은 예전과 달랐다. 포격은 정확했고 유닛의 움직임 하나하나가 신속했다. 이것이 프로의 솜씨, 프로를 지망하는 자의 솜씨였다. 같은 유닛인데도 영현이의 유닛은 살아 있는 듯 빠르고 정확하게 움직였다.

"소수의 병력으로 다수를 이기려는 작전은 어리석다. 말이 안 되는 일이다. 그것은 예외이며, 예외이기 때문에 역사에 남는다."

사회 선생님이 했던 말이 생각났다. 영현이는 예외였다. 나는 생산 시설에 치명적인 타격을 입어 자원만 잔뜩 쌓아 놓고 졌다.

"봤냐? 이게 프로와 아마추어의 차이야, 인마."

"준프로겠지."

"프로건 준프로건 어쨌든 나는 '프로'잖아? 너는 아마도 '아마'고."

영현이는 자신의 말이 재미있는 듯 낄낄거렸다. 나는 약이 올라 다시 게임을 했고, 졌다. 다시 도전하고, 다시 졌다. 영현이의 움직임을 따라갈 수가 없었다. 두 번째 판에서는 내가 먼저 공격을 시도했지만 영현이는 별 피해도 없이 내 공격을 쉽사리 막아냈다. 세 번째 판에서는 꽤 비등하게 싸웠다. 그러나 한 시간이 넘는 혈투 끝에 내가 졌다. 네 번째 판, 다섯 번째 판에서는 별의별 도박적인 전략을 다 시도해 보았지만 통하지 않았다. 영현이는 프로가 되어 가고 있었다.

우리에게는 책임도 없고 권리도 없다. 술이나 담배는 고사하고 도대체 밤 9시 59분과 10시 사이에 어떤 일이 일어나길래, 10시가 되면 피시방이나 노래방에서 나와야 하는지 모르겠다. 영현이는 게임으로 성적이 엉망이 된 애들보다 직장도 그만두고 게임에 빠져 사는 어른들이 더 많다며 늘 청소년 보호법에 불만이 많았다. 10시를 아직 5분이나 남겨 두고 우리는 피시방에서 미리 쫓겨났다.

집에 돌아오니 공기가 뭔가 수상쩍다. 큰누나는 거실 소파에서 뒹굴며 텔레비전을 보고 있었다. 저토록 당당한 이혼녀라니. 엄마는 방금 전 작은누나한테서 곧 들어온다는 전화를 받았다.

큰누나는 추리닝마저 키티다. 저 열렬한 키티 애호가를 보면 우습기도 하고 때로는 무섭기도 하다. 혹시 키티가 이혼 사유는 아니겠지. 큰누나가 키티에 열광하는 이유가 궁금하다.

텔레비전 소리만 외롭게 울렸다. 드라마 소리가 한참 들리다가 무슨 연예인 소식이 나왔다. 볼 만한 방송이 슬슬 끝나 가는 열한 시가 되어도 작은누나는 집에 오지 않았다. 그만 잘까 하는데 11시 12분, 현관문이 덜컥이는 소리가 들렸다. 하릴없이 웹서핑을 하다가 깜짝 놀랐다. 왜 우리 집 식구들은 벨을 놔두고 직접 문을 여는지 모르겠다. 집 안에 있는 사람 무섭게.

엄마가 작은누나를 야단치는데 목소리는 따뜻했다. 일이 있었다고 작은누나가 피곤한 목소리로 대꾸했다. 언니, 왔네? 응, 요즘 많이 바쁜가 봐? 그렇지 뭐……. 그다음 소리는 텔레비전 소리에 묻혀 잘 들리지 않았다. 우리 집에서 가장 목청이 큰 건 텔레비전이다. 작은누나가 자기 방으로 들어가는 소리가 들렸다. 하나, 둘, 셋.

계속 텔레비전 소리만 들렸다. 반년 전에 결혼했던 연예인이 파경을 맞아……. 큰누나가 어쩜, 다 남자들 잘못이라니까, 하면서 맞장구를 쳤다.

십 분이 더 지났다. 광고 소리가 들렸다. 지겹게 들어서 나도 따라 부를 수 있는 시엠송이 흘러나왔다.

작은누나가 방에서 나오는 소리, 화장실에서 쏴 하는 물소리가 들렸다. 한 십 분 씻는 소리와 텔레비전 소리가 섞여 들렸다. 작은누나가 화장실에서 나오는 소리가, 다시 자기 방으로 돌아가는 소리가 들렸다.

펼쳐 둔 문제집 위로 유닛들이 전투를 벌였다.

영현이는 컨트롤뿐만 아니라 전체적인 시야도 나보다 훨씬 좋았다. 잠자리 눈처럼 전장 구석구석을 모두 보는 것 같았다. 공격에 대한 반응도 빠르고, 대처도 좋았다. 어떤 면으로 보나 영현이의 실력이 모두 나보다 뛰어났다.

영현이가 프로게이머를 지망한다고 했을 때 나는 속으로 웃었다. 어른들은 우리가 단순히 프로게이머에 열광한다고 생각하겠지. 어른들의 생각과 달리 우리도 프로게이머에 대해 마냥 긍정적인 것은 아니다. 우리는 직접 게임을 하고 중계방송을 보기 때문에 프로게이머가 얼마나 힘들고 위태로운 직업인지 잘 안다. 게임 중에서 프로게이머라는 직업이 있는 경우는 얼마 없다. 새로운 게임 대회가 열리더라도 보통 한두 번 이벤트로 그치고 만다. 꾸준히 열리는 게임 대회는 많지 않다. 그래서 폐인이 프로가 되지만, 대부분 폐인에서 끝난다.

당장 프로게이머가 되는 것도 아니다. 연습생으로 시작해 숱한 게임을 하고 커리어를 쌓아야 프로게이머가 된다. 그런데 그 프로게이머 중에서 사람들의 인기를 얻고 돈을 버는 사람은 얼마 되지 않는다. 꾸준히 장수하는 프로게이머는 많지 않다. 길어도 일이 년이고 짧게는 한두 달 반짝하다가 사라진다. 새로운 게임이 대세가 되면 다시 그 게임을 익혀야 한다. 차라리 공부를 하지……. 전교에서 공부로 노는 애들은 프로공부머인지도 모른다.

"졌지? 졌지? 인마, 이제 안 된다니까."

일곱 판째 졌을 때 영현이가 깐죽거렸다. 내리 일곱 판을 진 적은 한 번도 없었다. 게임뿐만 아니라 다른 것도 마찬가지였다. 그런데 나는 졌다.

"인마 삐쳤냐?"

"아냐."

"삐쳤지?"

"아니라니까."

"야, 뭘 이걸 가지고 다 삐치냐."

"시작이나 해. 막판이야."

"어? 진짜 삐쳤어?"

결국 나는 아홉 판을 졌다. 영현이가 이왕 지는 거 열 판을 채우는 게 어떻겠냐고 깐죽거리던 게 잊히지 않는다.

"하여간 고삐리들은 단순하다니까."

작은누나는 상대의 마음을 배려하는 말은 하지 않는다. 자기가 하고 싶은 말만 끝없이 쏟아 낸다. 나는 알면서도 작은누나에게 이것저것 털어놓는다. 작은누나와 대화를 하다 보면 마음의 안정을 얻거나, 작은누나가 미워지는데, 묘한 중독성이 있다.

"철없는 막내 동생아."

"누나도 뒤에서 세는 게 더 빠르면서. 왜 이래, 서열 4위가."

"그렇다고 해서 니가 철없는 막내 동생이란 사실이 변하지는 않지."

삼식이는 서열 1위다. 적어도 삼식이 본인은 그렇게 생각한다.

작은누나가 강한 이유는 큰누나와는 다르다. 큰누나는 전사다. 거칠 것 없는 자신감과 패기, 저돌적인 공격. 불리해지면 곧장 울어 버린다거나 집어 던진다거나 하는 방법도 큰누나의 특수 능력이다. 그래서 큰누나와 싸우면 이겨도 이긴 게 아니다. 분명히 이긴 것 같은데 마지막에는 큰누나 뜻대로 되어 있다.

큰누나와 달리 작은누나는 마법사다. 치밀한 준비와 계산, 어떤 순간에도 침착함을 잃지 않는 냉정과 논리력이 있다. 작은누나는 중학교 때 이미 서른 살까지의 계획을 모두 세워 놓았다고 한다. 공부도 잘해서 작은누나의 성적표는 엄마 아빠가 대충 봤다. 언젠가 작은누나에게 1등을 놓쳐 본 적이 있느냐고 물어보았는데, 작은누나는 우울한 얼굴로 딱 한 번 있기는 있지, 하고 한숨을 쉬었다. 재수 없다.

엄친딸 작은누나 때문에 고통받은 자식들은 수없이 많다. 누구 딸은 어떻다는데, 하는 엄마들의 입방아에 쓰러진 많은 자식들은 작은누나를 원망해야 마땅하다. 언젠가 처음 보는 먼 친척 어른도(어렸을 때 만난 적이 있다고 하는데, 내가 그걸 기억할 리가 없다.) 작은누나에 대해 잘 알고 있어서 깜짝 놀란 적이 있다. 게다가 그 어른이 나를 삼식이라고 불러서 더 놀랐다.

"프로게이머 하고 싶어?"

나는 대답하지 못했다. 입술을 핥고 싶었다. 해 보고 싶다는 생각은 했었지만 거기까지였다.

"마이너스 1점. 대부분의 사람들은 갑작스러운 질문에는 말문이 막히지. 상대방을 당황하게 만들고 싶다면 이상하더라도 당혹스러운 질문을 던지는 게 좋아. 심리적으로 상대방보다 앞설 수 있거든. 대답하기 이상한 질문임에도 어쨌든 그 질문에 대답하지 못하면 한 수 접힌다는 기분이 들지. 물론 내 질문이 이상한 질문은 아니지만."

"……안 할 거야."

"빙고! 그럼 니가 영현이한테 부끄러워할 이유가 없잖아? 영현이는 프로게이머를 준비하고, 넌 아니고."

"그래도 졌잖아."

"이기고 진 게 중요한 게 아니지. 영현이는 그게 꿈이야. 넌 그게 꿈이 아니야. 그치? 넌 그저 게임을 즐기려고 했잖아. 지는 건 싫어하지만 남들보다 잘하지는 못하고, 지면 투덜거리면서 노력하기는 또 싫고. 딱 니 성격 나오는데?"

"게임을 즐겼지만, 난 졌다니까? 지면 당연히 기분 나쁜 거 아냐? 누구나 그렇잖아."

"예를 드는 건 정말 싫지만, 흠. 예를 든다는 건 대부분 이상한 것을 끌어와서 억지로 대상을 설명하는 행위가 되거든. 설명하는 쪽도 그게 제대로 들어맞거나 남에게 설득력이 꼭 있을 거라는 생각은 하지 않으면서도 어떻게든 끌어 들이는 건데, 별수 없지. 너, 취미가 뭐니?"

하여간 참 말이 많다. 취미? 내 취미는……?

"게임."

"그럼 특기는?"

"어, 게임?"

"노노. 취미랑 특기는 달라. 같으면 뭐하러 두 번 묻겠어?"

취미가 좋아하는 거라면 특기는 잘하는 일? 내가 잘하는 것은 무엇일까.

공부는 아니다. 반에서 겨우 중간 가는 성적으로 공부가 특기라고 우길 수는 없다. 공부가 특기쯤 되려면 전교 10등 안에는 들어야 되겠지.

운동도 그저 그렇다. 축구를 가끔 하기는 하는데 잘하는 건 확실히 아니다. 가끔은 상대방 공격수에 뚫리기도 하고 가끔은 막기도 하고. 농구도 그냥 그렇다. 축구, 농구를 빼면 운동이라고 해 본 거는 엄마랑 치는 배드민턴 정도다. 달리기? 에이. 뜀틀? 뜀틀이 특기가 될 수 있을 것 같긴 한데, 어쨌든 아니고. 아이스하키 같은 특별한 운동은 직접 본 적도 없다.

어른들이 생각하는 것만큼 모든 남학생들이 운동을 좋아하는 건 아니다. 정말 운동을 좋아하는 애들이 한 반에 몇 명, 대충 따라가는 애들이 몇 명, 많게는 절반까지 운동에 별다른 취미가 없다. 여학생들처럼 운동장에 모여 앉아 게임 이야기나 이것저것 떠드는 걸 더 좋아하는 애들도 많다.

그러고 보니 취미와 특기도 장래 희망처럼 무수히 조사받으며 빈칸을 메워 왔다. 그때마다 내 취미와 특기는 대체 무엇이었을까. 잘하는 악기도 없다. 공부, 예체능을 빼고 나니 별 생각이 나지 않는다.

"취미는 그래, 게임이라고 하자. 니 또래 남자애들 대부분 게임이 취미야. 좋아한다는 데 거기에 무슨 말을 더 달 수 있겠어.

하다못해 페티시가 취미라고 해도 그걸 두고 변태라는 말 이상은 할 수 없지. 취향입니다, 존중해 주세요. 문제는, 취미는 다들 같고 특기는 대부분 모른다는 데 있지."

"취미가 다 같다고? 취향이라는 게 있잖아."

"취향은 무슨. 대부분 영화 감상 아니면 음악 감상이나 독서지. 8, 90%는 여기서 벗어나지 못할걸? 철마다 나오는 액션 영화 보는 게 영화 감상이고, 계속해서 쏟아지는 아이돌 가수 노래 듣는 게 음악 감상이고, 만화책이나 판타지 소설 보는 게 독서 아냐?"

저 화려한 말발. 사기꾼을 해도 상위 1% 안에 들 솜씨. 천 원짜리 지폐를 천백 원에 팔아먹을 말발이다. 삼식이는 뭣도 모르고 웃고 있었다.

"아까는 취미를 두고 뭐라고 할 수 없다며."

"취미가 획일화되어 있는 건 문제지."

진로 계획서가 떠오른다. 나는 한참을 고민하다가 진로 계획서에 교사라고 적어 넣었다. 무난한 답이 될 수 있을 것 같았다. 학생들을 가르치면서 보람을 느끼고 어쩌고…….

"누나 또래는 어때?"

"비슷해. 조금 더 다채로워지기는 하는데, 게임이 당구로 변하는 정도라고 하면 될까? 그래 봐야 그게 그거지. 그걸 두고 변화라고 하긴 어렵고 기껏해야 뭐랄까, 변태가 어울리려나."

미리 생각하지 않으면 나이가 들어도 마찬가지일까. 선택을 미뤄 둔 것뿐일까. 소년으로 영원히 남을 수는 없을 텐데. 왜 피터팬이 인기 있는지 알겠다.

"그래서, 누나, 전쟁은?"

"전쟁? 무슨 전쟁?"

3

전쟁과 평화 모두 없었다. 큰누나는 작은누나와 방을 같이 썼다. 음험한 뒷거래의 냄새가 난다.

하지만 화기애애한 모습은 없다. 무관심한 건지 무관심한 척하는 건지 모르겠다. 작은누나는 늦게 일어나고 늦은 밤이 되어서야 집으로 돌아오는 대학원생이고, 큰누나는 더 늦게 일어나는 백수다. 엄마도 생각보다 평온하다. 가장 불편한 쪽은 삼식이다. 삼식이는 큰누나를 못마땅하게 생각하는 것 같다.

눈부신 햇살 속에서 정성스럽게 차린 아침밥을 천천히 음미하는 그런 식탁은 아니지만 그럭저럭 평온한 아침이었다.

"밥 좀 더 줄까?"

"아니, 근데 엄마."

"응?"

"오늘 아빠 만나러 가는 날인데."

평온한 아침에 금이 가는 소리가 들렸다. 미세한 균열과도 같은 보이지 않는 금이 밥상에 번져 나갔다. 나는 속으로 금, 하고 한번 되뇌어 봤다. 속으로 되뇌는 소리인데 가슴에 뭔가 스쳐 지나가는 기분이다. 유리에 금이 갔을 때 막상 잘린 단면보다도 그 균열, 그 금 자체가 더 날카롭게 느껴지는 것처럼.

조용하다. 밥 더 줄까, 라는 엄마의 물음에 아빠 이야기를 했다. 내가 한 말인데 무슨 생각으로, 무슨 기분으로 그런 말을 했는지 모르겠다. 내가 말하지 않아도 엄마는 이미 알고 있을 게 분명하다. 평온한 분위기가 못마땅했던 것일까? 방금 있으나 마나 한 가훈을 어겼다.

"오늘도 늦게 들어올 거지?"

엄마가 작은누나에게 물었다. 작은누나는 밥을 우물거리며 고개를 끄덕였다.

"……그럼 오늘 저녁은 안 해도 되겠구나."

엄마는 내 공격을 무심히 받아넘겼다. 우발적인 공격이랄까, 나도 앞뒤를 생각하고 한 게 아니라서 계속할 생각은 없었다.

"잘됐다. 오늘 저녁에 어디 가야 했는데."

엄마는 더 이상 아무 말도 하지 않았다.

이혼에 비하면 별거는 별것도 아니라는 말이 거짓말이라고 생각했는데 진실인지도 모르겠다. 엄마 아빠의 별거는 생각보다 길었다. 다시 합치지도 않고 이혼 서류에 도장을 찍지도 않는 별거는 일 년을 넘겼다.

반년이 지났을 때만 해도 작은누나에게 엄마 아빠의 별거가 너무 긴 게 아니냐고 물었다.

"이제 겨우 육 개월 지났을 뿐이야. 일 년도 금방일걸."

냉정한 작은누나의 차가운 예언은 들어맞았다. 그 예언을 떠올릴 때면 소름이 돋는다. 오래된 노래를 듣다 보면 과거 그 노래를 듣던 때의 기분이 느껴지는 것처럼, 말을 되살릴 때에도 과거의 느낌들이 함께 돌아온다.

일 년이 지났다. 나도 이제는 작은누나가 말한 별것 아닌 시간의 흐름에 대해 조금 알 것 같다. 초등학교 때 일 년은 그렇게 길었는데 중학교 삼 년은 길게 느껴지지 않았다. 고등학교 입학이 엊그제 같은데 한 달만 있으면 겨울방학이다. 교과서도 이제 마지막 단원만 남겨 두고 있다. 어느 순간부터 엄마 아빠의 별거가 나에게도 익숙하게 느껴졌다.

"Time flies like an arrow. 줄여서 그냥 Time flies라고도 한다. 거기 누구야, 방금 시간 파리라고 한 사람. 직역하면 '시간이 화살처럼 빨리 간다.'가 된다. 니네들은 아직까지 하루가 길지? 얼마 전에 선생님이 택시를 탔는데 백발의 운전기사님이 그러더라. '조금 전에 아침 먹은 것 같은데 벌써 저녁밥 먹을 때네요.' 나이를 먹으면 시간이 얼마나 빨리 가는지 알 수 있을 거다. 점심시간은 멀었고, 그래서, 답은 4번."

택시 기사가 그날따라 배고팠던 건 아니고? 중학교 2학년 때 아빠가 명예퇴직을 했다. 집에서 한참 뒹굴던 아빠는 집을 나갔다. 엄마와 아빠 사이에 무슨 일이 일어났는지는 모른다.

이해가 가지 않았다. 어렸을 때는 엄마 아빠가 싸우는 모습을 종종 봤다. 그런데 아빠가 명예퇴직을 한 뒤부터는 두 분이 싸우는 걸 본 적이 한 번도 없었다. 별거라니. 선전포고도 하지 않았는데 휴전, 아니 종전이 되어 버렸다.

울며불며 반대했다. 시집 간 큰누나마저 집에 와서 화를 냈다. 나는 죽어 버릴 거라고 협박을 했지만 소용없었다. 엄마 아빠 모두 내가 죽지 않을 거라는 걸 알고 있었는지도 모른다. 나도 별거 때문에 죽을 생각은 없었다.

어느 날 집에 왔을 때 아빠가 없었다. 그날 밤에도 아빠는 집에 들어오지 않았다. 그다음 날도 아빠를 볼 수는 없었다. 아빠의 물건이 차례차례 사라졌다. 태어나서 가장 많이 본 남자가 집을 떠난 것이다. 대신 한 달에 두 번 아빠를 보는 날이 정해졌다. 매월 1일과 15일. 얼룩진 거울이라도 거울은 거울인데.

며칠이 지나서 엄마는 삼식이를 데리고 왔다. 아무리 애걸해도 강아지 한 마리 허락하지 않던 엄마가 나보다 삼식이를 예뻐하기 시작했다.

"공무원, 대기업, 공무원, 사장, 그래 차라리 사장이 낫다. 다시 교사, 얼씨구 장래 희망에 취집이라고 쓴 애는 누구야? 고등학생이 이 정도 맞춤법도 모르고. 취집이 아니라 취직이지 취직. 그리고 장래 희망이 취직이 뭐냐, 취직이."

"선생님, 그거 취집 맞을걸요?"

우리 반에서 제일 예쁜, 내 꿈의 여주인공 효주가 냉큼 말을 받았다. 입학할 때부터 가장 예뻤고, 지금도 가장 예쁘며, 앞으로도 가장 예쁠 게 분명한 효주는 목소리도 아름답다.

효주를 두고 야릇한 상상 한번 안 해 본 녀석이 전교에 한 명이라도 있을까? 복도를 지나가다가도 효주가 나타나면 한순간 화악 밝은 빛이 뿜어져 나온다. 적당히 친절하고 적당히 도도하며, 나랑은 한 반이라는 사실 빼고는 아무런 인연이 없지만 그래도 예쁜 효주. 게다가 공부도 잘한다. 얼굴만 예쁜 애들하고는 차원이 다르다.

"뭐? 취집이 맞다고? 니가 썼냐?"

"아뇨. 근데 요즘 시집 잘 가는 걸 취집이라고 그래요."

아이들이 와하고 웃었다. 가끔씩 나오는 4차원적인 대답도 매력적이다. 선생님들도 효주에게는 대부분 관대하다. 담임만 빼고. 담임은 잠깐 벙벙한 모양이더니 비웃는 표정을 지었다.

"어쨌든 장래 희망이 취집인 게 말이 되냐? 효주, 넌 입 다물고."

담임이 두 손가락으로 교탁을 가볍게 또딱, 또딱 쳤다. 잔소리가 시작될 징후다. 담임 딴에는 멋진 이야기를, 우리에게 도움이 될 이야기를 하기 전에 생각을 가다듬는다고 하는 행동이지만 저건 잔소리 신호다. 이제 새로운 물결은 일렁일 것 같지 않은 세상인데, 잔소리는 여전히 파도친다.

이 타이밍에 떠들었다가는 괜히 본전도 못 찾는 경우가 많아서—거진 일 년 동안 터득한 생활의 지혜다—웅성거리는 소리가 차차 수그러졌다. 이렇게 스르르르 조용해지는 광경을 보면 참 신기하다. 마치 짜고 친 듯, 스르르르르 조용해지는 광경이라니. 가끔 이럴 때 분위기 파악을 못 하고 떠들다가 불운한 희생양이 되는 모자란 애들도 있지만.

"우리 땐 말이다, 그래도 고등학교 때 장래 희망을 조사하면 모두 공무원이나 대기업이라고 하지는 않았다."

우리 때는 지금보다 어쩌고저쩌고할 게 뻔하다. 담임도 분명 어제까지만 해도 '현실적으로' 하고 싶은 걸 하라고 했으면서. 하고 싶은 걸 쓰라고 하면서도 프로게이머라고 쓰면 그게 무슨 직업이냐고 하고, 남들과 비슷하게 쓰면 꿈도 없냐고 한다.

또딱,

또딱,

담임이 다시 교탁 위를 천천히 두들기며 말을 이었다. 박자를 맞추면서 노래를 부르는 것 같다.

"우리 땐 말이다……. 존경하는 사람은……."

'우리 때는'으로 시작되는 레퍼토리가 한참 이어졌다. 담임은 뉴턴을 제일 존경한단다. 미적분을 뉴턴이 정립했다고 한다. 뉴턴은 만유인력의 법칙을 찾아낸 사람인 줄만 알았는데 미적분까지 발견했다니 담임이 존경할 만하다. 아직 배우지도 않은 미적분의 공포에 대해서는 익히 알고 있다. 인수분해나 다차방정식 같은 어려운 걸 배울 때면 담임은 으레 "미적분에 비하면 이건 산수다."라고 한다. 그러고 보니 요즘 나는 존경하는 사람도 없다. 이순신, 세종대왕은 어렸을 때나 존경했고, 어른스러운 척하려면 존경하는 사람에 아버지나 할아버지를 댔다.

한때는 프로게이머 D를 존경했다. D는 화려한 플레이로 이름이 높았다. 다른 프로게이머들이 안정된 빌드와 전략을 사용할 때, D는 끊임없이 새로운 전략을 들고 나왔다. 전성기 때 D는 대제라는 칭호를 얻었다. 쇠퇴기에 접어든 이후, D는 승률이 높지는 않아도 항상 다른 프로게이머들보다 훨씬 재미있는 경기를 펼쳤다. 계속되는 부진으로 D가 은퇴를 선언했을 때 많은 사람들이 슬퍼했다. 나도 D가 은퇴하던 날 상당히 울적했다.

담임이 무슨 말을 하긴 했는데 D를 생각하느라 듣지 못했다. 안 그래도 조용한 분위기가 한층 더 가라앉아 있었다. 분위기란 참 신기하다. 이미 충분히 가라앉았는데 또 한 계단 더 내려갔다.

'아빠와의 만남' 레퍼토리는 정해져 있다. 아빠가 새로 다니는 회사 앞에 가는 동안 문자를 보낸다. 아빠는 시간 맞춰 회사 앞 횡단보도로 나온다. 때로는 내가 때로는 아빠가 먼저 도착하지만 기다리는 시간은 보통 오 분 남짓이다. 빨간불을 사이에 두고 우리는 서로를 어색하게 쳐다본다. 인사를 하기에는 부끄럽고 쑥스럽고, 인사 소리가 들릴 만한 거리도 아니다. 어차피 아빠 쪽으로 내가 건너가야 하는데 아빠는 굳이 내 쪽으로 와 횡단보도 가운데서 만나 같이 걸어간다. 한 번도 어느 한쪽이 먼저 건너와서 기다린 적은 없다. 아빠를 만나러 갈 때 나는 반드시 횡단보도의 흰색만 밟는다. 횡단보도를 건너가는 나의 보폭은 일정하고 안정적이다. 이유는 없지만 그래야만 할 것 같다.

"뭐 먹고 싶니?"

이게 아빠의 첫 번째 질문이고,

"잘 지냈니? 아픈 데는 없고?"

이건 두 번째 질문이다.

"은희, 현지는 잘 있고?"

세 번째 질문은 좀 바뀌었다. 원래는 "현지는 잘 있고?"였는데 은희가 하나 더 붙었다. 벌써 큰누나가 집에 들어온 걸 알고 있었다. 짐작 가는 건 큰누나 본인밖에 없다. 엄마가 말했을 리는 없고, 작은누나는 말할 성격이 아니고.

아빠와의 만남이 시작된 후로 가장 큰 변화는 비싼 외식이다.

처음에는 아빠가 돈으로 때운다는 느낌이 들었다. 진부한 레퍼토리를 무대에 올린 진부한 연극을, 우리는 보름마다 반복한다. 차이가 있다면 연극에 올라오는 소품과 배경이 바뀌는 정도다.

가까운 패밀리 레스토랑에 갔다. 부자끼리 패밀리 레스토랑이라니 연극 중에서도 코미디다. 짜장면에 탕수육을 먹는 게 편한데. 패밀리 레스토랑 안 어디에도 우리 같은 모습은 없다.

"이거, 선물."

"뭔데? 책 같은데?"

"요즘 애들이 좋아한다고 해서. 읽어 보니까 아빠 어린 시절 생각도 나고 좋더라."

유명한 대형 서점 상호가 인쇄된 종이봉투에 든 것은 나도 알고 있는 책이었다.

"됐어. 이거 이미 봤어."

거짓말이다. 인터넷에 연재할 때 조금 보다가 말았다. 처음에는 재미있어서 챙겨 읽다가 흐지부지 까먹고 말았다. 이미 봤다는 말에 아빠는 무안해하며 말했다.

"이미 봤구나. 그래도 갖고 가렴. 허허. 친구 선물로 줘도 되잖아."

우리는 조용히 먹는 데 집중했다. 그러고 보니 아빠는 예전에도 회사원, 지금도 회사원이다. 아빠의 꿈은 뭐였을까? 아빠는 뭐가 되고 싶었을까? 명예퇴직을 한 후에도 다시 회사원이 되는 삶이라니, 회사원이 그렇게 좋을까. 아니면 회사원밖에 할 수 있는 게 없는 걸까. 다시 취직한 것만 해도 아빠를 대단하다고 생각해야 할까? 나도 회사원이 되는 걸까? 나쁠 것 같지 않지만 아쉽다고 해야 하나, 만족스러울 것 같지는 않다.

"근데 아빠."

"응?"

"꿈, 아니 큰누나 돌아온 건 어떻게 알았어?"

아빠한테 꿈을 묻는 건 영 어색하다. 대신 나는 '흔들기'를 시도했다. 똑같이 유닛을 생산하고 똑같이 싸워서는 승부가 나지 않는다. 소수의 병력을 빼돌려 상대방 본진이나, 자원을 모으는 곳을 타격하는 게 흔들기다. 침착하게만 대응한다면 큰 피해 없이 막을 수 있는 공격이지만 일촉즉발의 긴장 속에서 냉정한 판단은 쉽지 않다.

소수의 병력을 막기 위해 대치된 병력 중 다수의 병력을 회군시킨다. 상대방은 병력을 나누거나 우왕좌왕한다. 이러다 보면 자연히 서로 대치된 상태에서 상대방의 병력의 수나 질이 떨어지게 된다. 상대의 병력이 분산된 틈을 타서 상대의 주력을 격파한다. 흔들기만으로는 이길 수 없지만, 이기려면 흔들기가 필요하다. 나는 아빠를 슬쩍 흔들어 보았다.

"어, 어, 그거?"

"응, 큰누나 그제 집에 왔는데. 어떻게 벌써 알았어?"

"은희가, 집에 들어갔다고 전화했어. 허허."

"진짜?"

"진짜지. 허허, 그걸 거짓말해서 뭐하겠니."

"뭐하는지는 몰라도 거짓말은 할 수 있지."

이상하게 오늘따라 내 말에 계속 날이 서 있다. 아침에도 그렇고 기분이 좋지 않다. 아빠는 허허 웃기만 했다.

연극의 마지막 장면도 늘 같다. 만났던 횡단보도로 돌아오고, 아빠는 다시 회사에 들어가서 해야 될 일이 있다고 한다. 마치 깜빡 잊었는데 생각이 났다는 듯, 지갑에서 정확히 삼만 원을 꺼내 주고, 내가 횡단보도를 건너가는 걸 뒤에서 지켜본다. 횡단보도를 건너 뒤돌아보면 아빠는 반대편에 그대로 서 있다. 내가 손을 한번 흔들면 아빠도 손을 흔든다. 내가 충분히 걸어갔다 싶을 때 아빠는 뒤돌아간다. 오늘따라 아빠의 뒷모습이 불쌍해 보인다. 멀어서 잘 보이지도 않는데. 이제 겨울이라서 그런지 가뜩이나 춥고 스산하다. 가방 속에는 아빠가 준 책이 들어 있다.

9시가 다 되었는데 집에는 아무도 없다. 습관대로 내 방에 들어가 불도 켜기 전에 컴퓨터부터 켰다.

위이잉 하고 컴퓨터가 돌아가는 소리가 난다. 컴퓨터가 나한테 말을 건다. 위이잉 하는 아주 은밀한 소리. 고등학교 올라와서 처음 친 모의고사에서 재미있는 지문을 봤다. 아무도 없는 집 안에 남자가 들어오는데 마치 사물들이 자신에게 말을 거는 것 같은 느낌을 받는다. 깜깜할 때는 마치 사물들이 살아 움직이는 것 같다가, 불을 켜면 사물들이 뻔뻔스럽게 가만히 있는다. 대충 그런 내용이었는데 인상적이었다. 모의고사를 보고 난 후 한동안 불을 끄고 나면 어둠 속에 몸을 숨긴 사물들이 의심스러웠다. 그러고 보니 컴퓨터는 나의 모든 비밀을 알고 있다. 컴퓨터가 인공지능이 아닌 게 다행이다. 엄마 아빠 없이는 살아도 컴퓨터 없이는 못 산다.

컴퓨터를 켜고 나서 불을 켰다. 메신저에 들어가 보니 역시 영현이가 있었다. 영현이는 거의 스물네 시간 로그인되어 있다.

—뭐 하냐?

대답이 없다.

—겜 중이냐?

계속 대답이 없다. 연습생으로 들어간 뒤부터 말을 걸어도 부쩍 대답이 없다. 치열하게 게임을 하고 있을 영현이를 생각하니 부럽기도 하고 내가 한심하다는 생각도 들었다.

게임이나 할까 하다가 그것도 관뒀다. 중학교 때는 게임만 하면 아무 걱정이 없었다. 당장 시험이 내일이고 불안해도 게임을 하는 그 순간만큼은 너무 재미있었다. 얼마 전까지만 해도 그랬다. 영현이 녀석 때문이다. 영현이한테 내리 일방적으로 깨지고 나니 갑자기 게임이 재미없게 느껴진다.

—야!

—겜 중?

—거기 폐인?

나는 영현이가 대답할 수 없다는 걸, 대답하지 않으리라는 걸 알면서도 자꾸 메시지를 보냈다. 야동이나 볼까 했는데 그럴 기분도 아니다. 집에 아무도 없는 이런 날은 야동 감상하기 딱 좋은데. 문득 아빠가 준 책이 생각났다.

4

"야, 삐쳤냐?"

1교시가 끝나자마자 방해질이다.

"말 시키지 마. 형님 책 보시는 거 안 보여?"

눈길도 주지 않자 영현이가 뒤에서 목을 졸랐다.

"짜식 삐쳤구만, 삐쳤어. 매점 가자, 형님이 쏠게."

책을 접어 놓고 뒤돌아보니 녀석의 얼굴이 싱글벙글이다. 저렇게 기분 좋은 얼굴은 처음 본다. 연습생에 뽑혔을 때보다 더 기분 좋은 얼굴이다. 오늘도 눈은 시뻘겋다.

"못생긴 놈이 웃긴."

"웃을 일이 있거든. 매점 가자, 매점!"

무슨 말을 해도 영현이의 얼굴은 좋았다. 매점으로 가는 길과 공기에서 겨울 냄새가 났다. 효주와 추운 겨울날 빵, 아니 음료수라도 마시면 얼마나 좋을까.

"무려! 11연승! 형님이 11연승을 했다는 거 아니냐. 8연승 넘어가니까 코치님도 와서 보고, 10연승 넘어가니까 감독님까지 오고 난리도 아니었어. 우리 팀 전체가 몰려와서 완전 난리도 아니었다 이거야. 지지난 리그 우승했던 형조차도 내 연승의 제물 중 하나였지. 캬, 감독님이 그때 와서 봤어야 되는데 말이야. 아깝게 그 형 잡고 나니까 놀라서 오더라구. 신들린 듯한 컨트롤과 운영 능력을 보여 줬지."

"좋아?"

매점이 없었다면 대한민국 중고등학생들은 공부하다 굶주림에 지쳐 쓰러졌겠지. 장래 희망에 매점 주인이라고 쓸 걸 그랬나? 짭짤하겠는데.

"좋지! 코치님이 우리 팀 평가전 사상 최고 기록이라고 했다구. 이렇게 좀만 더 하면 프로 자격도 따고, 엔트리에도 들어가고, 공식전에 출전하지 않겠냐? 형님이 정식으로 계약하고 연봉 받으면 이깟 빵이 대수냐, 제대로 쏜다, 쏴."

연예인이 되려는 것보다 프로게이머를 꿈꾸는 게 더 현실적일까? 연예인이 되려면 우선 잘생겨야 한다. 그런데 이건 타고나는 거라서 못생긴 애들은 어차피 안 된다. 성형수술을 끝내주게 시켜 줄 만큼 집에 돈 있는 애들도 드물고, 쉽게 동의해 주는 부모님도 없다. 다들 고등학교에 와서는 그런대로 자기 분수는 아는 것 같다. 아직도 노래 좀 부른다고 연예인을 꿈꾸는 애들이 있기는 하지만 본인들이 더 잘 알 거다. 노래 잘 부른다고 아이돌이 될 수 있는 건 아니다. 얼굴은 못생긴 게 아니라, 안 생긴 거다. 요즘은 될 만한 애들은 초등학교나 늦어도 중학교 때 다 스카우트되기 때문에 고등학교에 와서 스카우트될 확률은 낮다.

프로게이머는 그래도 실력 위주로 평가받는다. 물론 프로게이머도 잘생기면 더 인기가 있지만 그래도 실력으로 인정받는 직업 중 하나다. 운동선수들처럼 엄청난 체력이 요구되는 것도 아니다. 밤새도록 게임할 수 있는 체력이면 되는데 우리는 피시방비가 없어서 못 하지 체력이 달려서 못 하는 건 아니다.

무엇보다 프로게이머에게는 연봉이 있다. 연예인들이 연봉 받는다는 이야기는 못 들어 봤다. 가만, 연예인도 연봉을 받나? 아무튼 프로게이머의 장점 중 하나는 연봉을 받는다는 거다. 이스포츠e-sports, 스포츠 선수니까. 또 상금은 상금대로 받는다. 몇천만 원에서 억대에 이르는 연봉, 그리고 몇천만 원의 상금. 좋아하는 게임을 하면서 돈도 벌고 팬들도 생긴다. 무엇보다 절대 이길 수 없을 것 같은 공부 괴물들은 프로게이머를 지망하지 않는다. 프로게이머들은 나랑 비슷한 평범한 학생이었다.

"프로는 언제 다냐?"

아침에 엄마가 밥을 안 해 줬다. 얼마 전부터 엄마가 늦는 날이 잦다. 뭘 배운다는데 엄마가 그 나이에 뭔가를 배울 수 있기는 할까?

"조만간? 이 기세라면 진짜 조만간 달걸? 우하하하."

영현이의 웃음소리 때문에 매점에서 빵 먹던 애들이 전부 우리를 쳐다봤다. 그중에는 효주도 있었다. 아, 쪽팔려. 어차피 나랑 효주가 사귀는 일은 일어나지 않겠지만 효주가 이상하게 쳐다보는 건 부끄럽다. 아니, 그래도 혹시 모르잖아?

아빠 말대로 재미있는 책이었다. 중간중간 납득이 안 되는 부분도 있었지만 세 차례에 걸쳐 다 읽었다.

뭐랄까. 이걸 뭐라고 표현해야 되는지 잘 모르겠지만 예전에도 재미는 있는데 찝찝한 기분이 든 적이 있다. 유명한 작가의 책이고, 다른 사람들도 다 좋다고 하는 책인데, 재미도 있는데…….

마치 시험 문제를 다 풀고 답지까지 냈는데 마킹을 빼먹은 게 아닌가 하는 불안감 같기도 하다. 다른 사람들은 이 책을 읽고 어땠을까? 너무 많은 검색 결과 때문에 인터넷에선 아무것도 알 수 없었다. 인내심을 갖고 몇 페이지를 넘겨 보다가 결국 포기했다. 비슷비슷한 검색 결과가 너무 많았다. 좋아요, 감동적입니다가 아닌 다른 감상도 분명 있을 것 같은데. 그저 그런 감상들의 홍수 속에서 내가 보고 싶은, 뭔가 다른 감상들은 묻혀

버린 걸까.

내키지는 않지만 이 상황을 해결할 수 있는 방법이 하나 있다.

"뭐야?"

"하나뿐인 사랑스러운 동생한테 뭐야가 뭐야."

"보아하니 아쉬운 게 있는 모양이네. 용돈? 용돈은 아닐 테구. 너 얼마 전에 아빠 보고 왔잖아."

"아빠 보고 온 거랑 용돈이랑 무슨 상관이야? 어차피 줄 것도 아니면서."

"저거 저거, 어린 게 벌써부터 시치미나 떼면 못써요. 엄마가 알고 아빠가 알고 내가 알아. 너 빼고는 다 알걸?"

역시 다 알고 있었군. 쳇.

나는 화친의 깃발, 쥐포가 담긴 접시를 흔들며 내려놓았다. 자고 있던 삼식이가 벌떡 일어나 조르르 옆에 와서 앉는다. 먹이를 주는 엄마보다 작은누나가 삼식이와 더 친하다. 작은누나는 창문을 열더니 창틈에서 맥주를 꺼냈다. 쌀쌀해지면 작은누나는 저기에다 맥주를 몰래 보관한다. 잔머리도 참 잘 돌아간다.

"누나 이 책 봤어?"

"봤지."

역시. 작은누나는 세상에 존재하는 책이란 책은 다 읽은 것 같다. 내가 뭘 모르는지도 작은누나는 알고 있을 것 같다.

"어땠어?"

"뭘?"

"그러니까, 이 책 말이야."

"뭐가?"

"말은 잘 못 하겠는데, 다 읽고 나니까 묘하게……."

"짜증 나?"

작은누나가 이렇게 반가울 수 있다니.

"너 슈퍼맨을 믿니?"

"내가 애야?"

"그렇지. 이제는 슈퍼맨을 믿지 않지. 사실 '슈퍼'한 건 인간이 아냐. 슈퍼맨은 지구인이 아니라 외계인이지."

"쥐포가 아깝지 않게 좀 더 쉽게 말해 줘."

"니가 산 것도 아니잖아. 독후감을 쓰라고 말하고 싶은데. 숙제야?"

사실 쥐포는 아깝지 않다. 내 돈으로 산 건 아니니까. 김치가, 우유가, 계란이 냉장고에 항상 있는 것처럼 쥐포도 냉동실에 그냥 있다. 그래도 구운 사람은 나니까 이 쥐포에 대한 권리는 나한테 있다.

"아냐. 진짜."

"숙제면 혼난다?"

"아니라니까. 사람 말을 왜 그렇게 못 믿어."

"좋아, 믿어 주지. 너 학교에서 고전 영웅소설의 특징에 대해 배웠어? 1학년 때 나오나?"

"권선징악? 위기 극복? 뭐 그런 거 아냐?"

"대충 아는 모양이네. 그래도 학교에 놀러 다니는 건 아닌가 봐. 그럼 니가 읽은 소설의 주인공은 어때?"

소설의 주인공은 나랑 비교도 안 된다. 발단, 전개, 위기, 절정, 결말도 마음에 안 들고 주인공은 낯설다. 엑스트라가 더 마음에 든다.

"똑똑해 보여."

"너는?"

"안…… 똑똑해. 아이 씨, 그게 뭐야. 내가 바보란 말이야?"

"바보가 아니란 것과 똑똑하다는 건 다르지. 동생아, 모든 걸 너무 단순하게 이분법적으로 보지는 말렴. 너는 똑똑하지 않으면서, 바보는 아니란다. 대부분의 학생들이 다 그래. 모범생은 아닌데, 열등생도 아니지. 사실이 그래. 니가 읽은 그 책, 소설 속 주인공을 하나하나 뜯어보면, 슈퍼맨이나 영웅이야."

작은누나는 말을 마치고 질겅질겅 쥐포를 씹었다. 확, 작은누나를 씹어 버리고 싶다. 생각 같아서는 또 묻고 싶지만 물어봐야 까일 게 분명해서 잠자코 있었다. 가만히 있으면 분명히 중간은 간다. 적당히 끄덕끄덕하거나 가만히 있으면 아무도 뭐라 하지 않고 심지어 선생님도 더는 질문을 던지지 않는다. 단 눈이 마주치는 걸 피해야 하는데 여기서는 그럴 수 없다. 어쨌든 가만히 있는 게 상책이다.

"까놓고 보면 그 책, 위인전이야. 너 주변에서 이런 친구 본 적 있어? 똑똑하고, 생각 깊고, 운동도 잘하고, 어른스럽고. 시 한 편에 울고 웃고, 그림 하나 가지고 토론하는 애들 본 적 있어? 너 여기서 토론하는 무슨무슨 화풍이니 하는 거 인터넷 검색 안 하면 알아? 너는 인터넷 검색해도 무슨 말인지 모르겠지? 근데 이 소설에 등장하는 애들, 딱 니 또래거나 더 어려."

그냥 곱게 가르쳐 주면 될 텐데 무시하고 조롱하는 게 짜증난다. 겨울이라 그런지 맥주를 창틀에서 꺼내느라 그런지 작은누나 방이 쌀쌀하다.

"널 탓하는 게 아니야. 다들 그래. 성장소설이란 말 들어 봤어?"

"어."

들어 본 것 같긴 한데 솔직히 잘 모르겠다. 성장하는 소설인가? 작은누나는 내 목소리를 읽었는지 더 따져 묻지 않았다.

"니네들한테 많이 읽히는 소설이 바로 성장소설이야. 비슷한 말로 교양소설이나 입사소설이라고도 하고 여러 가지로 불리기도 해. 개념적 정의, 그러니까 확실하게 자리 굳힌 말은 아니야. 그래도 의미는 대충 통하는 말이야. 이름에서부터 알 수 있듯이 이런 소설들은 이렇게 살아라, 하는 교훈을 줘."

"위인전 말이야?"

"성장소설과 위인전은 좀 다른데……. 보통 위인전이 성장소설적 요소를 내포하고, 성장소설도 위인전의 형식을 부분적으로 취한다는 점에서 비슷한 면도 있지."

알 것 같기도 하다. 글자도 잘 모르던 때부터 지금까지 많이 듣는 이야기다. 에디슨이 달걀을 품었다는 이야기부터 하늘을 날기 위해 가스를 마셨다는 것까지. 요즘 가스를 마시고 하늘을 날고 싶었다고 이야기한다면 아직까지 해롱거린다고 혼이나 나겠지. 참, 에디슨도 혼은 났다.

"뻔한 이야긴데, 여전한 이야기야. 잘난 인간들의 이야기를 그럴듯하게 포장하는 거지. 영웅은 멋지잖아? 여기서 애들이 하는 고민 좀 봐. 얼마나 멋지고 그럴듯해?"

맞다. 멋지다는 게 문제다. 불쾌하면서도 매혹적인 내용이었다. 책장이 넘어가는 속도만큼이나. 숙제가 아니면 책이라고는 읽지 않는 나에게도 재미있었다.

"근데 이걸 직접적으로 전달하면 곤란하거든. 모두 다 안단 말이야. 옛날에는 슈퍼맨이 막 날아다니고 스파이더맨이 적을 꽁꽁 붙잡으면 끝났어. 슈퍼맨도 사람들도 모두 만족했지. 그런데 이제 그런 영웅은 식상하다고 생각하면서도 은근히 영웅을 바란단 말야. 뻔한 건 싫다고 하면서도 영웅이 없는 건 또 싫어하지. 어떻게 이걸 해결하느냐? 마음대로 살아도 괜찮다, 이것

봐라, 그래도 성공할 수 있었다는 미담을 만드는 거지. 하나하나 뜯어보면 슈퍼맨과 다를 게 없는데 마치 평범한 학생들의 이야기인 것처럼 보여 주는 거야. 이런 이야기를 읽으면 자신도 그럴 수 있을 것 같은 위로를 받지. 근데 그게 진짜 위로가 될까?"

우리는 이렇게 살았다, 우리는 너희보다 백만 배쯤 힘든 환경에서도 이렇게 살았다, 게다가 우리는 그때 중학생이거나 고등학생이었다, 이런 말 하는 게 듣기 싫었다. 작가가 거짓말을 했으리라고는 생각하지 않는다. 작가의 말이 틀린 말도 아닐 것이다. 다만 지금은 그렇지 않다는 말을 하고 싶다.

그땐 그랬지 하는 말은 듣고 싶지 않다. 그 기준에 맞추면 우리는 잉여인간일 뿐이다. 모든 걸 다 하던 시대의 청소년들이랑 비교했을 때 우리는, 전교 1등이라고 해도 공부만 할 줄 아는 범생으로 떨어진다. 이상한 잣대다. 그때 그 사람들이 지금 고등학교를 다닌다면 과연 화려한 천재가 되어 있을까?

책임 회피가 아니다. 우리는, 엄마(또는 아빠, 또는 엄마 아빠)와 산다. 자랑은 분명 아니겠지만 쓰레기 분리수거는 내 일이 아니다. 돈을 벌지 않아도 학교에 다닐 수 있다. 당장 나가서 노가다를 해야 하는 상황이 아니라고 해서 부끄러움을 느낄 이유는 없다. 스스로 평범하다고, 보통은 된다고 생각했는데, 저 책을 읽자 부끄러워졌다. 평범의 기준은 뭘까.

어라, 작은누나 얼굴이 벌겋다. 언제 저렇게 마셨지? 또 술주

정을 할 기세다. 빠져나갈 타이밍을 놓쳤군, 쳇.

“사람마다 세계를 보는 관점이란 게 있어. 그게 세계관이지. 게임은 게임대로 세계관이 있고, 현실은 현실대로 세계관이 있어. 니가 하는 게임도 오크가 나오고 엘프가 나오고, 히드라인지 드라군인지가 나오는 세계관이 있잖아. 문제는 세계관이란 ‘나는 다르다.’에서 출발한다는 거야. 나는 달라. 돈 잘 벌던 언니랑도 다르고, 아직 세상모르는 너랑도 달라. 세계를 보는 눈, 이게 바로 세계관이고, 이건 사람마다 다르단 말이야. 이 틀이 바로 프레임, 세계관이라고! 나는 자기의 세계관을 강요하는 게 싫어. 불쾌하다고? 맞는 말이야. 나는 이만큼 고생해서 이렇게 부자가 되었으니 너도 이렇게 되라는 말과 대체 뭐가 달라? 세상이 무슨 바닐라 아이스크림이야? 민트 초콜릿이야? 향긋하지도 않고 달콤하지도 않아.”

5

아침부터 시끄럽다. 모처럼 토요일인데 싸우는 소리 때문에 잠에서 깼다. 시계를 보니 9시가 넘었다.

“넌 대체 정신이 있는 거니, 없는 거니? 뭘 잘했다구 외박이야 외박이!”

어제 내가 잘 때까지 큰누나가 안 들어왔었다. 언제부터인지

나는 보통 12시가 지나서 잔다.

"내가 애야?"

싸우는 걸 구경하려고 기어 나가니 엄마가 만 원을 꺼내 주면서 나가 있으라고 한다. 엄마가 단단히 벼른 모양이다. 기대하던 싸움 구경을 못 하는 게 못내 아쉬웠지만 세종대왕님의 위력은 강하다. 비록 신사임당에게는 밀리셨지만. 뜻하지 않게 쏠쏠한 수입이 생겼다.

갈 곳이 없다. 영현이는 보나 마나 연습실에 갔을 거고. 혼자 피시방 갈 맛은 나질 않고 집에서 잠이나 더 자고 싶지만 세종대왕님 체면 때문에 들어갈 수가 없다. 다른 애들한테 문자메시지라도 보내 볼까 하다가 관뒀다.

학원을 괜히 그만뒀다. 학원에서 아무 생각 없이 시간만 보내는 것 같아서 그만뒀는데 오늘은 그마저도 아쉽다. 학원 가는 게 정말 싫었는데 이런 생각이 들다니 나도 참 줏대가 없다.

막상 밖에 나오니 정말 아무것도 할 게 없다. 이래서 취미가 필요한가? 내 취미는 게임이었나 보다. 그런데 영현이에게 내리 깨지고 나니 게임이 심드렁하다. 다른 게임을 익히는 것도 은근히 귀찮다.

착한 학생이라면 공부를 하면 된다. 기말고사가 얼마 남지 않았다. 아직 시험 범위는 나오지 않았지만 시험 범위야 어차피 빤

하다. 대개는 중간고사 다음부터 배운 데까지일 것이다. 기말고사나 미리 준비해 볼까. 미리미리 시험 공부할 생각이 든 게 낯설다.

혼자 도서관에 가려니 어색했다. 아니다. 공부는 혼자 하는 거라고 하지 않는가. 친구들이랑 같이 도서관에 가면 공부는 하는 둥 마는 둥 하고, 즐겁게 놀다가 후회와 자책을 가득 담고 집에 돌아오곤 했다. 오늘은 혼자니까 정말 공부를 많이 해야지.

집으로 돌아가 주섬주섬 가방을 챙겼다. 내가 다시 들어오건 나가건 엄마와 큰누나는 계속 싸우고 있었다. 엄마의 분투가 놀랍다.

구립 도서관에 여러 번 와 보긴 했지만 여전히 낯설다.

열람실은 분위기도 팍팍하고 조금만 소리를 내도 나이 많은 아저씨들이 인상을 써서 영 내키지 않는다. 나는 컴퓨터도 몇 대 있고 책도 있는 자료실로 갔다. 사물함에 가방을 넣고, 자리를 잡고, 책을 펴고, 시험 범위를 파악하고, 오늘 공부할 분량을 정하고, 수학 문제를 몇 개 풀다 보니 벌써 점심시간이 되었다. 뿌듯했다. 토요일 아침에 혼자 조용히 공부하는 도시의 남자, 내가 생각해도 좀 멋지다. 문득 열심히 연습하고 있을 영현이 생각이 났다. 영현이는 취미가 특기가 되고, 특기가 진로가 되는 걸까.

지하 매점으로 내려가 우동과 김밥 한 줄을 샀다. 혼자 밖에서 밥을 먹으려니 잘 넘어가지 않았다. 집에서야 혼자 밥 먹는 게 아무렇지도 않지만 밖에서 혼자 밥을 먹는 건 처음이다. 우동과 김밥을 받아 자리에 앉으려는데 나도 모르게 얼굴이 뜨거워졌다. 어른이 된다는 건, 나이를 먹는다는 건, 혼자서도 식당에서 꿋꿋하게 밥을 먹을 수 있는 것일까.

아직 어른이 되기는 이른가 보다. 우동 국물은 지나치게 뜨겁고 김밥은 너무 찼다. 나는 허겁지겁 우동을 먹다가 김밥을 먹다가 하면서 끼니를 때웠다. '끼니를 때운다.'는 말이 처음으로 식도를 거쳐 위장 깊숙이 와 닿았다. 다들 날 쳐다보는 기분이 들고 음식은 잘 넘어가지 않았다. 여유 있게 천천히 먹으려고 한 계획은 쟁반을 자리에 놓고 일 분도 지나지 않아 뭉개졌다. 맛도 없었다.

오 분 만에 밥을 먹고 나니 할 일이 없었다. 공부하다가 나온 지 겨우 십 분쯤 지났는데 다시 들어갈 생각을 하니 깝깝했다. 이래서 도서관은 친구들끼리 와야 재미있는 건데.

갈 곳이 없다. 학원을 그만두고, 영현이가 없고, 갑자기 내가 아무 데도 갈 곳이 없는 것 같다. 엄마는 큰누나랑 싸우고 있고, 작은누나는 자기 공부에 바쁘다. 아빠는 보름에 한 번씩 만나고 있고, 어차피 아빠는 그 전에도 별 관계가 없었다.

난, 뭘까.

공부를 잘하는 건 아니지만 그래도 반에서 중간보다 조금 잘

한다. 여자 친구는 없고 예쁜 애를 보면 사귀고 싶다는 생각은 들지만 막상 예쁜 애랑 사귀어 본 적은 없다. 집이 찢어지게 가난해서 당장 돈을 벌어야 하는 형편도 아니고 그렇다고 막 돈을 쓰고 다니는 애들처럼 부잣집도 아니다. 저렴한 학원이나 과외 하나쯤은 무리 없이 할 수 있지만 고액 과외를 할 수 있는 형편은 아니다. 엄마 아빠도 평범하다.

어제 작은누나랑 한 이야기가 뇌리에 맴돈다.

"링컨은 대단해. 하지만 남북전쟁이 인도주의적 차원에서 일어난 일만은 아니지. 링컨은 흑인들을 열등하게 생각했고 흑인들에게 참정권을 주는 것도 반대하는 입장이었어. 노예해방선언은 도덕적인 이유가 아니라 전쟁에서 이기기 위한 전략적 차원에서 이루어진 거야. 남북전쟁에서 이긴 링컨은 대단하지만 그게 곧 위대한 걸까? 니가 본받아야 하는 인물일까?"

우리보고 읽으라고 강요하는 책들의 대부분은 아주 특별한 인간의 이야기라고 했다. 아주아주 잘나서 어차피 우리가 따라 할 수 없는 인물이거나, 아주 불행한 상황이지만 결국 그걸 이겨 내는 잘난 인물들이라고 했다. 한 번도 평범한 이야기를 읽어본 적이 없다. 모두 특별한 이야기들이었다.

나는 전혀 특별하지 않은데, 내가 갑자기 죽는다고 해도 가족들만 좀 슬퍼하고 세상에는 아무 일도 일어나지 않겠지. 평범한 내가 특별한 이야기를 읽고, 감명을 받고, 무섭게 변하는 일이

가능할까. 그래야 할까.

혼자 도서관에 두 번 왔다가는 철학자가 되겠다. 밖은 춥고 어디 서 있을 만한 곳도 없어서 다시 자료실로 들어갔다. 예쁜 애들도 안 보이고 늙은 아저씨들뿐이다. 오전에는 그럭저럭 공부가 되었는데 점심을 먹어서 졸리기도 하고 집중도 잘 안 되었다. 꾸벅거리며 조는 것보다는 책이라도 좀 보는 게 좋을 것 같다.

딱히 취향이라고 할 만한 것도 없어서 서가를 구경하다가 손에 잡히는 대로 아무거나 골라잡았다. 서가에서 나오는데 마침 정보 검색 컴퓨터가 비어 있어서 자리에 앉았다. 아싸.

정신을 차려 보니 저녁 먹을 시간이었다. 오늘 뭐 했지?

성적표는 냉정했다. 찍어서 하나가 맞으면 믿었던 다른 하나가 틀렸다. 둘 중 하나라고 생각했던 문제는 맞은 것보다 틀린 것이 더 많았다.

반에서 34명 중 16등, 전교에서는 327명 중 142등. 잘하는 과목이라고 말하긴 부끄럽지만 국어와 사회 성적은 괜찮은 편이었다. 수학은 영 달리고, 과학은 조금 모자라고, 영어는 그냥 그랬다. 예체능은 들쑥날쑥이었다. 음악은 엉망이고 미술은 그래도 음악보다는 낫고 체육은 보통이었다.

그저 그런 성적이다. 조금 떨어졌다고 할 수 있을까? 엄마는 늘 듣던 잔소리를 하겠지. 작은누나 반이라도 닮으라고 어쩌고저쩌고로 시작해서 옆집 앞집 허용만 된다면 사방팔방 모든 엄마 친구 자식들을 끌어다가, 해외 교포까지 끌어다가 나를 후려치겠지. 굳이 다른 곳에서 용병을 빌려 올 필요도 없이 작은누나 존재 하나만으로 충분히 나를 후려칠 수 있다.

이런 건 피차 만성이다. 아직 포기하지는 않았지만 엄마도 속으로는 잘 알 거다. 내가 명문대에 갈 확률은 극히 낮다. 엄마, 포기하면 편하대요.

담임은 성적표를 나눠 주면서 잊지 않고 빈정거렸다.

"니네들 성적표 보고도 느껴지는 게 없지? 그냥 아 씨, 이게 전부지? 이제 니들도 곧 2학년인데. 고2 때까지는 못해도 스카이라고 생각하다가, 고3 되면 그 밑의 대학들까지 보이기 시작하지. 거기서 딱 반년만 더 지나 봐, 어떻게든 인 서울만 할 수 있으면 개종도 할걸. 수능 백 일 깨지고 나면 그저 4년제만 붙여 주시면 하면서 굽실거리는 녀석들이 나오고, 수능 치고 나면 원서는 제2의 수능이라고 원서질에 불을 켤 거다. 어차피 이런 소리 해 봐야 아직은 감이 안 오지. 다음에 잘하면 될 거 같잖아? 두 가지 이유에서 틀려먹었어. 하나는 다음이라는 기회는 끝없이 오는 게 아니고, 또 하나는 다음에 잘할 놈은 지금도 잘한다는 사실이야. 이런 소리 해 봐야 알아듣는 놈은 한두 명이고 대부분은 씨, 빨리 성적표나 나눠 주지 하고 있는 것도 다 안다."

담임의 레퍼토리도 학기 초나 지금이나 별로 달라진 게 없었다.

담임의 말을 들었을 때 고등학교 입학식이 떠올랐다. 교장은 졸업한 선배들의 대학 진학에 대해 광고했다. 작년에 우리 학교에서 스카이 대학에 간 숫자는 두 자리가 되지 못했다. 내가 전교 10등 안에 들지 않는 이상 스카이를 갈 확률은 거의 없다. 10등 안에 든다고 해도 안심할 수 없다. 아무래도 상관없다. 나는 반에서 10등 안에도 들지 못한다.

"이제 곧 방학이겠다 니들 세상이다 싶지? 이번 방학이 니들 인생에 있어서 최고의 기회라는 것을 명심해라. 내년 2학년 겨울방학은 고2가 아니라 고3 시작이나 마찬가지야. 그때 가 봐라, 꼴찌도 눈에 불을 켜고 공부한다. 그때 공부하면 성적이 오르겠어? 남들이랑 똑같이 열심히 해서 남들보다 잘할 머리면 벌써 잘했지. 다른 애들 놀 때 열공할 수 있는 기간이 이번 겨울방학이고, 이게 마지막이란 걸 명심하라고. 고1 겨울방학을 어떻게 보내느냐에 따라 대학이 결정되는 거야. 알겠어?"

초등학교는 중학교를 결정하고, 중학교는 고등학교를 결정하고, 고등학교 1학년은 대입을 결정한단다. 담임이 틀린 말 하는 건 아니지만 이런 예방접종은 숱하게 맞아 와서 만성이다. 담임 말대로 이런 소리 해 봐야 알아듣는 놈은 몇 명 없고, 알아듣는다고 해서 공부가 잘되는 것도 아니다.

이제 열일곱 살이 끝난다. 변화가 있어야만 될 것 같은데. 찜찜하다. 어른의 세계로 가기까지는 아직 이 년이 남아 있다.

곧 크리스마스다. 여자 친구는 없지만 크리스마스다. 고등학교에 와서 처음 맞는 크리스마스는 왠지 특별하면서도 아름다워야 할 것 같다. 이번 크리스마스가 남은 고등학교 시절에 가장 중요한 추억이 될 것만 같다. 게다가 크리스마스이브는 방학식 날이다. 마음이 들뜬다. 효주에게 데이트 신청이라도 할까. 어딘가 내몰린 것 같은 기분이 착각은 아니겠지.

겨울과 여름

1

아무 일도 일어나지 않았다. 십칠 년 동안 없던 여자 친구가 며칠 사이에 생기는 일은 소설이나 영화에서만 존재하나 보다. 스토브리그라서 영현이도 한가했다. 크리스마스이브에 남자들끼리 피시방에서 게임을 하다가 저녁 10시가 되자 쫓겨나고, 갈 곳 없이 서성대다가, 술집에 한번 들어가 볼까 하고 기웃거렸지만 용기를 못 내고, 편의점에서 맥주를 사려다 신분증 보자는 말에 슬슬 도망이나 치고, 하염없이 걷다가 각자 집에 돌아갔다. 나만 빼고 다들 행복해 보였다. 차라리 집에서 나오지 말걸.

집에 들어오니 아무도 없었다. 큰누나는 데이트, 작은누나는 오늘도 공부할 테고……. 엄마도 늦게 들어왔다. 환상적인 크리스마스다.

연애도 부익부 빈익빈이다. 누구는 초등학교 때부터 여자를 사귄다. 누구는 중학교 때부터 쉬지도 않고 연애를 한다. 그 누구가 나보다 잘생긴 것 같지도 않은데.

영현이는 중학교 2학년 때 두 달인가 여자애를 사귀었다. 아직까지 영현이는 그 이야기를 우려먹으며 나를 불쌍하게 바라본다. 값싼 동정 따위는 필요 없다고들 말하지만 십 원짜리 동정이라도 좋으니 예쁜 여자애가 나랑 만나 주면 얼마나 좋을까.

좋아하는 가수가 해마다 바뀌듯 좋아하는 여자도 바뀌었다. 그리고 그 여자가 나를 좋아하는 법은 없었다. 아직까지 기대를 버리지는 않았지만 서로 한눈에 반하는 그런 사랑은 거짓말 같다. 나는 여자 친구가 없다, 고로 의심한다. 데카르트도 솔로였을 게 분명하다.

1월 중순 스토브리그가 끝난 후 열린 커리지 매치에서 영현이는 프로 자격을 정식으로 취득했다. 프로게이머 자격증도 나오고 소양 교육이라는 것도 보름 동안 받았다고 했다. 연습생 신분으로 있던 팀과 계약도 맺었다. 성적이 좋았기 때문에 그 팀에서 영현이를 지명했고 영현이도 좋아했다. 연봉은 육백만 원이었다. 영현이가 다른 곳으로 가 버린 것 같다.

겨울방학이 끝나기 전 영현이의 데뷔 경기를 볼 수 있었다. 엄마의 잔소리에 짓눌려 끙끙거리면서 경기장에 갔다. 요즘 들어 엄마의 잔소리가 부쩍 잦다. 방학 때 뭘 하느냐고, 학원을 그만뒀으니 과외라도 하라고. 내가 생각해도 난 겨울방학을 잉여스럽게 보내고 있었다.

7전 4선승제의 팀 리그에서 영현이는 여섯 번째 출전 선수였다. 영현이 팀의 강한 선수들이 모두 앞서 출전하기에 영현이의 첫 경기는 무산될 수도 있다. 영현이네 팀 선수 중 누군가 하나가 져야 영현이에게 기회가 온다. 영현이네 팀 선수들이 잘하면 잘할수록 영현이에게는 기회가 없다. 승리를 위해서는 패배가 있어야 한다. 영현이를 응원하면서 국어 시간에 배운 아이러니를 직접 느꼈다. 국어도 쓸모가 있긴 있군. 영현이만 빼놓고 다 망해라! 아, 다 망해도 아예 기회가 안 오는구나.

다행히(?) 영현이네 팀 선수들은 상대방에게 허를 찔렸다. 첫 판은 무난한 힘 싸움 끝에 이겼지만 두 번째 판과 세 번째 판을 내리 상대방의 날빌에 걸려 패배했다. 네 번째 판을 맡은 선수는 너무 긴장한 탓인지 이해하기 힘든 실책을 남발하며 경기를 내주었다. 예상과 달리 스코어는 1 대 3이었다. 다섯 번째 선수가 삼십 분이 넘는 혈전 끝에 간신히 경기를 따냈다. 2 대 3, 영현이가 이기면 마지막 승부까지 몰고 갈 수 있다. 영현이에게 큰 기대를 한 엔트리가 아닌데 영현이에게 많은 것이 맡겨졌다. 또 아이러니란 말이 떠오른다. 영현이가 마우스와 키보드를 챙겨 부스 안으로 들어갔다.

그렇지! 아! 좋아, 좋아, 조금만 더! 아니, 그게 아니잖아! 거기서 왜 싸워! 그래, 다시 그렇게!

"아무래도 첫 경기라는 게 김영현 선수에게 부담으로 작용했나 봅니다. 충분히 이길 수 있는 싸움이었는데 글쎄요, 왜 거기서 병력을 물렸을까요. 계속 밀어붙였다면 곧장 상대의 본진까지 쇄도할 수 있는 상황이었는데 말이죠. 우리야 양쪽 진영을 모두 보면서 중계하기 때문에 이런 해설이 결과론적인 이야기일 수는 있습니다만, 유리한 상황인데도 뜸을 들인 건 오판입니다. 결국 그게 상대 선수에게 너무 많은 시간을 준 셈이 되었고 패인으로 작용한 것이죠."

"해설위원님 말씀대로, 아! 김영현 선수 왜 그랬을까요! 정말, 정말 안타깝습니다만 첫 경기에서 많은 것을 경험했으리라 믿습니다. 여러분, 아쉽게 진 김영현 선수에게 큰 박수 부탁드립니다."

경기에 진 영현이는 고개를 푹 숙이고 있었다. 잔인한 카메라. 상대팀 선수들의 세리머니가 이어졌다.

"왜 그랬어?"

영현이는 햄버거는 먹는 둥 마는 둥 하고 콜라만 마시면서 골

똘히 생각만 하고 있었다. 쪼옥쪼옥. 그새 콜라를 다 마신 건지 빨대에서 공기 소리가 났다.

"글쎄, 왜 그랬을까."

"남의 말 하듯 하지 말고 진짜 왜 그런 거야? 불리하다고 생각했어?"

"아냐. 유리한 것도 알고 있었고 그대로 공격하면 이긴다고도 생각했어."

"근데 왜?"

"그게 말이야……."

"어."

"갑자기, 불안하더라구."

빨대를 짓씹으며 영현이가 탄식하듯 대답했다. 영현이는 안경을 벗고 고개를 뒤로 꺾었다.

"겁……이 났다고 해야 하나. 생각보다 쉽게 이기게 되니까 갑자기 불안한 거야. 머리로는 분명히 유리하다는 걸 알고 있는데 찝찝하기도 하고 함정에 걸리는 듯한 느낌도 들고. 상대 진영도 다 봤고, 속임수가 있을 게 없었어. 이때까지 연습해 온 것에 비해서 데뷔전이 너무 쉬우니까…… 이상하더라구. 내가 지면 우리 팀이 끝이라는 생각 때문에 그랬나."

"그래도 거기서 병력을 빼?"

"그러게 말이야. 첫 무대가 생각보다 쉽지 않네. 못해서 질 거란 생각은 했어도 잘해서 질 거란 생각은 안 해 봤는데."

"힘내. 자신감만 좀 더 가지면 다음번에는 꼭 이기겠지. 감독은 뭐라 안 해?"

"아무 말씀도 없더라. 혼 좀 날 거라고 생각했는데 아무 말이 없어. 하긴 원래 말 많은 분도 아니고, 뭐."

감자튀김이 다 식었다.

"참, 너 기말고사 몇 등 했어?"

영현이가 감자튀김을 케첩에 찍으며 물었다.

"왜? 너보단 잘 봤지."

"농담하지 말고 진짜 몇 등이야?"

"농담 아닌데? 갑자기 지난 시험은 왜?"

"사실 도훈이가 니 성적 물어보길래."

"도훈이가 왜?"

"나도 모르지. 어젠가, 편의점 앞에서 마주쳤거든. 시험 이야기가 나왔는데 무조건 너보다 잘 봤다고 큰소리치길래 빈정 상해서 뭐라고 좀 했거든. 그러니까 대뜸 내기라도 하자네? 이미 니 등수 알고 하는 소리 같아서 됐다 그러고 말았는데 좀 그래서. 개가 딱히 너보다 공부 잘하지는 않았잖아? 비슷하지 않았나?"

"개는 몇 등이라는데?"

"몰라. 하여간 엄청 자신만만하더라. 재수 없는 새끼."

인터넷이 우리를 자유케 하리라. 아니다. 이미 인터넷은 우리를 자유케 하고 있다.

인터넷에 없는 것은 없다. 인터넷에 나오지 않는 건 알 필요도 없다. 도훈이의 성적이 인터넷에 있을까? 내가 해커도 아니고 학교 컴퓨터에 들어가 도훈이의 성적을 알아낼 수는 없다. 간혹 고등학생 해커들이 어디를 뚫고 어쩌고 하지만 그건 뉴스에나 나오는 이야기다. 대부분 고등학생들에게 컴퓨터는 공부를 빙자한 게임용이며, 친목용이며, 시간 때우기용이다. 인터넷 강의는 고등학생들에게 컴퓨터 사용의 합법화를 가져왔을 뿐이다. 엄마는 지금 내가 인터넷 강의를 듣고 있는 줄 알고 있다.

도훈이의 블로그에서 그놈의 성적을 알 수 있었다.

합성인가?

도훈이는 자랑스럽게 블로그에 자신의 성적표를 찍어서 올려놓았다. 성적표는 아무나 다 볼 수 있는 전체 공개로 되어 있었다. 반에서 9등, 전교에서 74등. 이걸로 도훈이네 반이 우리 반보다 성적이 더 좋다는 걸 알 수 있었다. 우리 반이라면 7, 8등 정도 되었을 것이다. 전교 100등 안, 그것도 50등에 더 가까운 등수다.

어쩐지 성적표를 막상 받아 왔을 때는 뻔한 레퍼토리로 끝냈던 엄마가 요즘 와서 잔소리가 많아졌더라니. 도훈이 엄마와 휴, 보나 마나다. 이래서 엄마가 다른 아줌마들을 자주 만나지 않는 것이 내 정신 건강에 이롭다. 엄마 정신 건강에도 그게 좋을 텐데 뭐하러 만나서 스트레스만 받고 오는지 모르겠다. 이게 다 큰누나 때문이다. 큰누나랑 싸우는 날과 비례해서 엄마의 외출도 늘어났다.

도훈이의 중간고사 성적은 모르지만 나보다 크게 잘 봤을 것 같지는 않다. 중간고사 이후와 기말고사 이후 엄마의 잔소리의 절대량을 서로 비교해 본다면 분명 도훈이가 시험을 잘 본 건 기말고사란 결론을 내릴 수 있다. 게다가 학기말 성적은 중간고사 성적과 합산해서 나온다. 기말고사 성적만 놓고 봤을 때 도훈이는 반에서 5등 안에 드는지도 모른다.

모니터에는 도훈이 성적표와 함께 '이제부터 시작! ^^ 읽고 쓰는 실천! 버텨 내면, 배신하지 않아!'라는 문구가 떠 있었다. 새끼, 시작은 무슨……. 확 배신이나 당해라.

엄마의 잔소리도 이해가 된다. 도리어 그 정도에서 그친 엄마의 깊은 아량에 감사라도 표해야 할 정도다. 작은누나가 공부를 잘하는 것과는 별개로 내 성적이 엄마의 자존심을 좌우한다. 엄마 자존심도 무척 상했을 것이다. 내 자존심이 상한 것보다 훨씬 더.

나도 참 평범하지만 도훈이는 나보다 더 평범했다. 아니, 평범한 것도 아니다. 도훈이는 맨날 애니메이션에 빠져 사는 오타쿠로 유명했다. 은근히 도훈이를 무시하는 애들도 있었고 나도 그

중 하나였다.

공부를 열심히 한다고는 하는데 나보다 성적이 딱히 좋지도 나쁘지도 않고, 엇비슷한 성적이었다. 그렇게 열심히 하고도 나랑 비슷하면 머리가 나쁜가 보네, 라고 생각했었다. 속으로 무시했던 도훈이가 갑자기 성적이 오를 줄은 몰랐다. 저 녀석은 이제부터 시작일지도 모른다는 생각이 들자 기분이 나빠졌다.

아무 생각 없이 곧 2학년이 되는 나와 달리 도훈이는 2학년을 준비하고 있었다. 그게 공부가 제일 쉽다고 하는 사람이나 고시인지 뭔지를 3관왕씩 했다는 변호사의 말보다 더 무섭다. 도훈이는 나와는 아무 관련이 없는 사람이 아니다. 갑자기 나만 공기 속에서 허우적대며 느려지는 기분이다.

합성일 거야.

모니터를 뚫어지게 쳐다봤다. 도훈이 녀석은 싫지만 이런 걸 합성해서 올릴 녀석은 아니다. 이 상황에서 모니터나 열심히 쳐다보고 있는 내 자신이 한심스럽다. 나는 발로 컴퓨터를 껐다.

2

작은누나가 과외 선생님을 물어 왔다. 대학교 후배라고 했다. 예쁜 여자 선생님을 원했는데 남자 선생님이었다. 문제 못 푼다고 때릴 것 같은 우락부락한 인상은 아니었지만 착해 보이지도 않았다. 작은누나와 닮은 것도 같다. 명문대생이 되려면 저렇게 생겨야 하나?

"반갑다. 내 이름은 이규범이다."

어색한 말투, 낮은 목소리. 벌써부터 졸리는 것 같다. 자기소개라도 해야 하나? 나는 삼식이를 발끝으로 밀었다.

"예."

나도 모르게 목소리를 깔았다. 삼식이는 과외가 좋은 모양이다. 과외 다리에 엉기면서 나가지 않으려는 녀석을 억지로 내보냈다. 저놈, 수컷인데…….

과외 수업이 처음은 아니다. 공부방처럼 몇 명씩 모여 하는 그룹 과외도 해 봤고, 개인 과외도 짧지만 두 번 해 본 적이 있다. 그러고 보니 그룹 과외를 도훈이와 같이 했다.

과외에 익숙한 애들은 '과외'를 손에 올려놓고 갖고 논다는데, 나는 어색하고 긴장된다. 과외랑 밥도 먹고 친한 애들은 남녀, 여남의 조합이라서 그럴까? 저 선생님하고 같이 밥 먹을 일은 없을 것 같다.

"문과로 간다고 들었다."

"예."

"왜 문과를 선택했지?"

"예?"

"왜 문과를 선택했느냐고 물었다."

"그냥, 수학도 못하고 과학은 그저 그래서요."

이과라고 수학 잘하는 애들이 가는 건 아니다. 이과를 선택하는 애들 중에 수학을 특별히 잘하는 경우는 얼마 없다. 반대로 문과에 온다고 해서 국어나 사회, 영어를 잘하는 것도 아니다. 문과와 이과는 많이 다를 것 같지만 주변 친구들을 보면 대부분 그냥 간다.

"그냥?"

"예, 그냥."

"하긴, 이과에 간다고 해서 딱히 수학을 잘하는 건 아니지. 문과라고 해서 국어를 더 잘하는 것도 아니고. 너희나 우리나 네 말대로 그냥, 갔지."

독심술이라는 게 진짜 있나? 나는 순간 굉장히 뜨끔했다.

"다음 시간까지 네가 문과를 선택한 이유를 찾아 오길 바란다. 오 분 정도 짤막하게 설명할 수 있는 분량으로, 글로 써도 좋고 말로 해도 된다. 오 분이라는 시간은 혼자서 남에게 설명하기에는 생각보다 긴 시간이다. 그럼, 책 펴라."

나는 그게 무슨 소리냐고 묻고 싶었지만 아직 과외와 친하지 않아서 입이 바로 열리지 않았다. 작은누나가 데리고 온 과외란 것도 마음에 걸렸다. 작은누나를 배려하는 것은 아니지만 내가 못하면 작은누나 체면이 구겨진다. 예전처럼 대충 할 수도 없고 난감했다. 나는 앞부분만 새까만, 그 뒤는 백지인 문제집을 펼쳤다.

"뭐 하니? 우리 귀여운 막내 동생아."

한참 열심히 공부하고 있는데 큰누나가 들어왔다. 열심히 공부하고 있긴 했나 보다. 큰누나가 들어오는 소리를 전혀 못 듣고 있다가 큰누나가 귀에 바람을 불어 넣어 깜짝 놀랐다. 후다닥 책을 덮으려다가 내가 잘못하고 있는 것도 아닌데 놀랄 이유가 없다는 걸 깨달았다.

"뭐야."

"아름다운 큰누님보고 뭐야라니."

시계를 보니 한 시간이 지나 있었다. 오래 집중하다 정신을 차리면 기분이 좋다.

"왜? 놀아 줘?"

큰누나와 잠시 놀아 주지, 뭐. 생각해 보니 큰누나가 집에 들어온 지 두 달이 조금 지났는데 큰누나랑 둘이서 이야기한 적도 별로 없다. 큰누나는 집에 없거나 집에 있어도 자고 있거나 다른 사람들이 잘 때 깨어 있었다. 큰누나가 뭐 하고 사는지 모를 수밖에. 다른 가족들은 큰누나의 삶에 대해서 얼마나 알고 있을까. 큰누나는 책을 건성으로 넘겼다.

"우리 때랑 별반 달라진 것도 없네. 좀 더 세련되고 보기 좋아진 것 빼고…… 내용은 똑같잖아? 거창하긴 한데……. 어머 이

선생님 아직까지 강의하나 봐. 이거 봐 봐, 앞부분만 새까만 것도 똑같네. 너나, 나나."

"열심히 공부하는 사람 방해하면 미안하지 않아?"

"어쩌다 공부하는 거면서."

"어쩌다 공부하는 것마저 방해한다는 생각은 안 들어?"

"너 갈수록 현지 닮아 가는 것 같아. 나 없는 사이에 현지한테 나쁜 물만 들었구나, 쯧쯧."

큰누나는 나와 열두 살 차이다. 내가 어렸을 때부터 큰누나는 키가 큰 어른이었다. 큰누나는 자기가 심심할 때만 선심 쓰듯 놀아 줬다. 하지만 의무감 때문에 딱 정해진 만큼만 놀아 주는 작은누나보다 큰누나와 노는 게 더 재미있었다. 작은누나와 놀다가도 큰누나가 놀아 준다면 쪼르르 달려갔다.

"근데 큰누나 요즘 뭐 해?"

"억양이 마음에 들지 않는구나, 동생아. 마치 현지 말투 같아. 왜, 뭐 하고 다니는지 걱정되니?"

"아니, 걱정까지 되는 건 아니고, 그냥."

"너 나 취직한 거 몰랐어?"

"취직?"

"뭐야, 진짜 몰랐구나? 용돈 좀 주려고 왔는데 다시 넣어 둬야겠어."

큰누나의 말에 따르면 자신은 미모와 능력이 있고, 취직이 어럽지 않으며, 존경받아 마땅한 사람이라고 했다. 큰누나를 보니 효주가 불현듯 떠올랐다.

두 사람의 나이 차이는 나랑 큰누나 나이 차이와 같은데, 십 년이라는 시대를 넘어서는 공통점을 두 사람에게서 발견할 수 있다. 우리 반에 큰누나랑 얼굴도 성격도 모두 닮은 여자애가 있다는 이야기를 하자 큰누나는 피식 웃었다.

취직이라. 큰누나가 하는 일이 궁금했다. 아빠도 회사원, 큰누나도 회사원.

"근데 누나. 누나는 회사에서 뭐 해?"

"기획. 회사의 비전과 목표를 설정하는 일이지!"

"와, 진짜?"

"에헴, 기획이란 말이야, 회사의 비전과 목표를 만들고, 이를 달성하기 위한 전략과 계획을 수립하고, 실적을 분석, 점검, 평가하며, 조직 관리 및 업무 조정 기능과 함께, 고도의 자기 계발 기회가 있는, 글로벌 리더로서 자질을 함양하는 곳! 멋지지?"

큰누나가 이렇게 멋진 사람인지 몰랐다. 큰누나가 다니는 회사는 나도 이름을 아는 대기업이다. 큰누나는 어마어마한 일을 하고 있었다. 내가 입을 벌리고 있자 큰누나가 킥킥 웃었다.

"순진하게 그걸 믿니?"

"어?"

"말만 멋지지, 그냥 회사원이야. 자아실현? 자기 계발? 내가 대학 때 배운 전공과 별 관계도 없는 일인데? 회사가 자아실현 하라고 월급 줄 것 같아? 그냥 시키는 일을 하는 거지, 적극적으로 기획하려면 십 년은 더 지나야 될걸. 대학 때 배운 전공은 취업하는 데에는 도움이 되지만 막상 들어가고 나면 별 도움이 안 돼. 너희들이 지금 하는 공부가 대학 들어가는 데에는 도움이 되지만 막상 들어가고 나면 전혀 다른 걸 배우는 것처럼. 하긴 넌 아직 대학을 안 갔으니 모르겠구나. 니가 공부한 것 중 대학에 가서 써먹을 수 있는 건 있기는 있는데, 얼마 안 된단다."

"진짜?"

"현지 같은 애들은 자아실현을 했을까? 초등학교 때부터 공부를 잘해서 좋은 대학에 갔고, 다시 대학원까지 갔으니까 자아실현을 한 것 같긴 하네. 그런데 현지도 대학원은 학부 전공과 상관없는 곳으로 갔잖아?"

"학부 전공? 학부가 뭐야?"

"대학교는 학부, 대학원은 석사, 박사 과정. 현지 석사는 경제학이잖아? 박사도 경제학이고. 사법시험 보겠다며 법대 갔었는데 말이야."

그러고 보니 작은누나가 보는 책이 바뀌었던 것 같다. 한자 나부랭이투성이인 책에서 영어 나부랭이투성이인 책으로. 작은누나같이 계획성 있는 사람도 진로를 바꾸는구나.

"니네 반에 취집이라고 적었다는 여자애, 걔가 다른 애들보다는 훨씬 똑똑하고 자신의 삶에 대해 생각 더 해 본 것 같은데?"

"현모양처라는 좋은 말도 있잖아."

"현모양처도 결국 취집의 다른 말 아냐? 현모양처라고 하면 따뜻하고 착해 보인다고 생각하면서 취집이라고 말하면 닳고 닳았다고 생각하는 게 더 웃긴 거야. 못생기고 능력 없는 남자 만나서 현모양처 되고 싶은 애도 있어?"

큰누나의 말은 종잡을 수가 없다. 하지만 큰누나의 말은 때로 작은누나의 말보다 더 내 가슴을 찌른다. 늘 자신만만한 큰누나 반만 닮아도 더 당당하게 살 수 있을 텐데.

"예쁜 애가 취집이라고 하면 나쁜 년이고, 현모양처라고 하면 착해 보이지? 못생긴 애가 취집이라고 하면 그냥 개그고, 현모양처라고 하면 웃기지?"

"남자는 뭐야? 현부양부도 있나?"

"뭐긴?"

큰누나가 웃었다. 역시 웃는 모습도 예쁘다. 큰누나의 전성기와 효주를 비교하면 누가 더 예쁠까? 여신 대 여신의 대결인데, 나는 효주에 한 표를 던져야지.

"니가 찾아봐."

다음번 경기 엔트리에 영현이 이름은 없었다. 아빠와의 만남은 또 다가왔다. 그리고 그날 아침, 큰누나가 집을 나갔다. 잦은

외박이 회사 일 때문이라는 큰누나 말을 엄마는 믿지 않았다. 새벽부터 싸우는 소리에 떨다가 잠을 깼다. 평온히 앉아 반찬 하나 집어 먹기는커녕, 아침 밥상에는 젓가락질 사이로 싸우는 소리가 메아리쳤다.

"과외 땜에 오늘 좀 일찍 들어가야 해요."

중국 음식을 먹으며 아빠에게 과외를 시작했다고 말했다. 도훈이 이야기는 물론 뺐다. 오래간만에 아빠에게 말을 많이 했다. 이야기를 들으며 아빠는 웃었다.

별거 이후 아빠와 나 사이는 더 좋아졌다. 예전에는 성적 때문에 참 많이 싸웠다. 아빠는 공부 안 한다고 혼내고, 나는 짜증 부리고 대들고, 성적표 받아 오는 날은 특히 더 싸우고 싸우고 싸우고……. 아빠와 싸운 기억도 가물가물하다. 나처럼 엄마도 떨어져 지내는 동안 아빠랑 사이가 좋아지면 좋겠다.

"그래서 숙제는 다 했어?"

"숙제?"

"문과 간 이유 말이야."

"에이, 그냥 폼 잡느라 해 본 말이겠지. 보통 과외 처음 시작하면 애들 기죽이려고 폼 잡는 이야기부터 시작해. 그게 무슨 숙제야."

아빠가 내 찻잔에 차를 따랐다. 재스민 차에서 따뜻하고 편안한 냄새가 났다.

"방학은 재미있니?"

"똑같아. 보충수업 안 나가는 게 좋기는 한데 좀 심심해. 그래도 2학년 되면 어차피 강제로 할 건데 미리 나가서 할 필요 없잖아."

"심심하면 자주 놀러 오렴. 오늘 말고도 아빠는 아들 볼 시간이 많아."

닭살 돋는다. 별거 후 아빠는 나를 만날 때마다 뭐든 열심히 하려고 하는데 영 어색하고 부담스럽다.

"참, 아침에 큰누나 집 나갔어."

"오늘 중으로 들어갈 거다."

"아빠가 어떻게 알아?"

"내기할까? 허허."

아빠 말은 절반만 맞았다. 집을 나갔던 큰누나는 이틀 만에 돌아왔다. 어떤 남자까지 데리고 왔다. 엄마는 황당해했고 나는 저녁도 먹다 말고 독서실로 도망쳤다.

"너, 숙제 안 했다며?"

"진짜 숙제인 줄은 몰랐지."

과외가 끝나고 삼십 분쯤 지났을 때 작은누나가 내 방에 쳐들어왔다. 물 빠진 추리닝 차림이다. 아래위도 짝짝이다. 작은누나의 껍데기는 변화도 모르고 진화도 모른다. 뭐라 말할 틈도 없이 작은누나의 공격을 받아야 했다.

요즘 작은누나가 내 공부에 부쩍 관심을 갖는 것이 이상하다. 가족이니까, 그럴 수도 있다. 하지만 작은누나의 의욕적인 행동에는 수상한 냄새가 난다.

"개가, 아니 과외 선생님이 분명히 이야기했다며. 그게 왜 숙제가 아니야?"

"그냥 하는 소리인 줄 알았어."

"숙제라고까지 말했다며. 그게 숙제가 아니면 뭐야? 너, 잘해. 괜히 나까지 욕먹이지 말구."

이중으로 감시를 받고 있다. 내가 작은누나에게 하는 말은 다시 과외한테 돌아가고, 과외받는 동안 있었던 일은 모조리 작은누나에게 보고된다. 나를 감시하는 사람들이 왜 이리 많은지 모르겠다. 가뜩이나 학교에 CCTV를 설치한다고 해서 찝찝한데 사람들마저 나를 감시하다니.

"큰누나 남자 데리고 온 거 알아?"

"알아."

나는 애써 화제를 돌렸다. 작은누나가 침대에 털썩 앉으며 시큰둥하게 대답했다. 좋아할 줄 알았는데 의외다.

"큰누나는 무슨 생각일까?"

"또 시집가고 싶은가 보지. 참 언니 연애는 언제나 빨라."

"누나는 시집 안 가?"

"왜, 니가 보내 주게?"

작은누나 목소리가 많이 높다. 불이라도 뿜을 기세다. 이 화제는 아닌가 보다. 나는 어제 만난 아빠 이야기를 했다. 작은누나는 시니컬하지만 아빠 이야기에는 약하다.

전략은 성공적이었다. 그래, 이런 날도 있어야지. 하수라고 맨날 쥐어 터지기만 하면 어디 게임할 맛이 나겠는가. 절대강자가 있으면 게임이 재미없다. 모두 강해지기를 원하지만 일방적으로 강한 사람이 있으면 다른 사람들은 게임을 포기하고, 그 게임은 얼마 가지 않아 망한다. 재미있고 오래가는 게임의 조건. 첫째, 누구나 평등한 조건에서 시작한다. 둘째, 그래도 열심히 한 사람에게 조금 더 유리하다. 셋째, 그렇다고 단순히 열심히 한 사람이 잘하는 건 또 아니다. 전략 시뮬레이션 게임이 재미있는 건 시작이 같고 열심히 하면 이길 수 있지만 운도 따르기 때문이다. 어쨌든 작은누나에게 한 방 먹인 것 같아 통쾌했다.

작은누나는 아무렇지 않은 척해도 역시 아빠와의 만남에 관심을 기울인다. 내가 이러쿵저러쿵 한참 떠들어 놓는 이야기를 작은누나는 묵묵히 듣기만 한다.

"너, 그냥 아빠 만나러 간 적 있어?"

"응? 없는데?"

"이때까지 한 번도?"

한 번도?

"어, 응."

그러고 보니 정해진 날 외에 아빠를 보러 간 적이 한 번도 없다. 내가 알기로 아빠와 꼬박꼬박 만나는 가족은 나 하나밖에 없는데도 아빠에게 미안한 마음이 든다.

"누나는 나처럼 꼬박꼬박 아빠 보러 가지도 않잖아?"

예상하지 못하는 지점을 타격할 것. 적어도 오늘 전투는 내 승리다. 참 큰누나가 한 말을 물어본다는 걸 잊었다. 작은누나의 장래 희망은 뭐였을까? 아빠는? 엄마는? 그들도 꿈이 있었겠지?

3

나는 왜 문과를 선택했을까. 문과라고 했을 때 뻔히 떠오르는 것은 판사, 검사, 변호사, 또 뭐가 있을까? 친절한 인터넷은 판사나 검사 모두 사법시험을 통과하고 나서야 된다고 알려 준다. 나도 사법시험이 만만치 않다는 것쯤은 안다. 너무 어려워서 작은누나가 사법시험을 포기한 걸까?

검색창에 '문과 직업'이라고 입력했다. '문과 직'까지만 입력했는데 자동 완성 기능으로 '문과 직업'이 검색창에 떴다. 자동 완성까지 지원되는 걸 보자 안도감이 들었다.

연관 검색어까지 쏟아진다. '문과 유망 직업, 문과 직업 종류, 커리어넷, 애널리스트, 문과 진로, 문과 대학 순위, 이과 직업,

문과 간호학과, 이과 문과 직업, 문과 이과, 경영학과 진로, 문과 학과, 이과, 인문계 직업, 문과 경제학과, 직업.' 커리어넷이나 애널리스트는 처음 들어 보는 말이다.

가장 연관 있는 검색어는 '문과 유망 직업'이고 그다음이 '문과 직업 종류'다. 다들 유망하면서도 다양한 직종을 찾고 싶은 걸까.

—이제 고1 올라가는데요, 아직까지 직업에 대해 아무것도 몰라서요, 학교에서 진로희망조사를 하거든요. 어, 수학도 싫고 과학도 싫은데 영어는 좀 해요. 문과가 맞을 것 같은데요, 저한테 맞는 직업 좀 추천해 주세요. 내공 걸어요.

나랑 똑같다. 그런데 답변은 하나도 없다. 올린 날짜가 바로 어제인 게 마치 내가 올린 질문 같다.

—소심한 편……입니다. 남들 앞에 서는 게 제일 무섭습니다. 조용한 게 좋고 부모님은 공무원 시험을 보라고 하세요. 만드는 것도 좋아하고, 자랑은 아니지만 미술은 늘 만점인데 미대는 어떨까요? 참, 회계사가 되려면 수학도 잘해야 한다고 들었는데 문제집 좀 추천 부탁드립니다.

늘 만점이라니, 자랑 맞네. 근데 회계사가 정확히 무슨 일을 하는 직업이지? 수학도 잘해야 한다는 걸로 봐서 나랑 인연이 없는 직업 같다.

—안녕하세요? 저는 어렸을 때부터 판검사를 꿈꿔 왔습니다.

이과는 단 한 번도 생각해 본 적이 없습니다. 질서와 정의를 위해 판검사를 희망했는데, 사회 돌아가는 모습을 보니 신물이 납니다. 국가와 사회를 위한 다른 직업 추천 바랍니다. 적성검사도 여러 번 받아 보고 진로에 대해 심각하게 고민하고 있으니 진지한 답변 달아 주세요.

나와 그릇이 다른 학생 같다. 질서, 정의, 국가, 사회라니……. 그러나 작성자 검색으로 다시 살펴보니, '이거 짭인 것 같은데 어쩌죠?'와 'ㅋㅋㅋㅋㅋㅋㅋㅋ 공부 잘한다고 다 성공하냐?' 하는 글이 나왔다. 젠장. 꼭 도훈이 같은 놈이다.

한참 검색해 보니 다들 비슷한 고민을 하고 있었다. 답변도 비슷하다. 꿈을 찾으세요, 원하는 걸 하세요, 그걸로 얼마 못 벌어요, 현실은 어쩌고저쩌고, 어디서 복사하기-붙여넣기를 한 것 같은 답변이 대부분이다. 답변은 많고 자세한데 아무것도 도움이 되지 않는다. 현실이니 꿈이니 말만 많고. 이상한 광고가 태반이다.

질문이나 답변이나 모두 돈 잘 벌고 힘 있는 전문직을 추천한다. 전문직이야 당연히 '전문'이니까 좋은 거겠지만 세상에는 그런 직업만 있는 건 아닐 텐데.

변호사도 이제는 너무 많아서 예전 같지 않다고 하고 대기업도 오래 못 다닌다 그러고 인터넷에서는 의사, 약사, 변호사 같은 전문직도 까인다. 다른 직업은 언급도 되지 않는다. 대체 좋은 직업은 뭐지?

공무원이 인기라는데, 공무원이 뭐 하는 직업인지 잘 모른다. 봉사 활동 하러 동사무소에 가 본 적은 있다. 은행과 비슷했다. 근데 검색해 보니 공무원이 되려면 공무원 임용 시험을 쳐야 한단다. 대학과 아무 상관도 없다는 정보도 있다.

판검사 같은 건 제외하자. 될 리도 없고, 자신도 없고, 권력이 무지하게 생긴다는 것 말고는 무슨 일을 하는지도 모른다. 검사와 변호사의 차이도 모른다. 내가 아는 검사는 칼 들고 뛰면서 몹을 때려잡는 게 검사다.

영현이처럼 프로게이머가 되는 건 겁난다. 잘된다는 이야기와 함께 매번 망한다는 이야기가 따라붙는다. 영현이는 친한 친구고 좋은 녀석이지만 프로게이머란 직업이 얼마나 괜찮은 직업인지는 모르겠다. 나는 자신도 없고 게임이 마냥 즐겁지도 않다.

불안하기만 하고, 달라지는 게 없는 것 같다.

“무슨 생각을 그렇게 하느냐, 수업 중에.”

과외가 조용한 목소리로 내게 물었다. 아는 것도 많고 설명도 잘하는데 목소리가 너무 편안하게 느껴지는 게 흠이다. 처음에는 참을 만한데 마지막 삼십 분쯤 되면 딴생각이 들거나 잠이 온다.

“저, 그러니까 장래 희망, 아니 문과를 선택한 이유요.”

과외가 물끄러미 나를 쳐다봤다. 애정 어린 눈길 같은데 조금 느끼하다. 편안한 목소리에 느끼한 눈길이라…….

"생각해 봤느냐?"

"어, 네."

"말해 보거라."

"어, 그러니까요. 선생님은 왜 문과를 가셨어요? 아니 왜 경영학과를 가셨어요?"

과외는 잠시 멈칫하더니 말했다.

"질문에 다시 질문으로 되받는 것도 좋은 방법이다. 나중에 곤란한 질문을 받는다면 자연스럽게 상대방에게 되물어라. 상대방은 자신이 물었기 때문에 대답을 해야만 할 것 같은 심리적인 부담감을 느낄 수밖에 없고, 너는 시간을 벌 수 있다. 간혹 애들처럼 내가 먼저 물었다고 대답을 종용하는 사람은 스스로 부끄럽다고 생각할 것이다. 그리고 내가 문과에 간 이유는,"

어디서 많이 듣던 화법인데?

"네."

"좋은 대학에 가기 위해서였다."

"네. 어, 네?"

"내 꿈은 컴퓨터 프로그래머였다. 그런데 컴퓨터를 좋아하는 것과 컴퓨터 프로그램을 짜는 것은 달랐다. 내가 좋아하는 건 컴퓨터를 가지고 노는 것이었지 컴퓨터로 끙끙대는 것은 아니었다. 나는 그 사실을 몰랐고, 컴퓨터와 비슷하다고 생각한 전자과에 진학했다. 그때 나는 컴퓨터를 좋아하니까 컴퓨터 프로그래머가 막연히 되고 싶었고 컴퓨터나 전자나 비슷하다고만 생각했다."

마치 준비된 것처럼 과외의 대답은 질서 정연했다. 이런 상황을 대비해 외워 두고 있나?

"이 생각은 대학에 입학하자마자 한 달 만에 깨졌다. 한 달도 안 되는 시간에 깨질 장래 희망을 막연히 오 년 넘게 품고 있었던 것이지. 공업수학과 전자기회로 실습 시간은 재미가 없었고 사 년 동안 이걸 공부해야 한다는 게 암담했다. 그래서 나는 재수를 했고 문과를 선택했다."

"근데 그거랑 좋은 대학이랑 무슨 상관 있어요?"

"그때 좋아하는 여자가 있었는데 그녀는 나보다 공부를 잘했다. 그 여자에게 당당하고 싶었다. 어차피 오랜 시간 꿈꿔 왔던 것이 현실과 전혀 다르다는 것 때문에 충격을 받은 터라 아무 전공이나 상관없고, 오직 대학만 잘 가면 된다고 생각했다. 좋아하지는 않았지만 나는 국어와 논술을 매우 잘했다. 학교 대표로 나가서 상도 많이 받았다. 나는 이것 때문에 명문 대학에 진학할 수 있었고, 국어나 논술과는 별 관계없는 경영학과에 갔다. 좋은 대학에 가고 싶다는 욕심만큼이나 무작정 인기 있는 과로 간 것이다."

신기하다. 내가 알고 있는 가장 똑똑한 두 사람도 내 나이 때 자신의 진로에 대해 몰랐다니. 진로는 계속 변하는 건가.

“하수는 그저 잘하는 것에 적당히 만족하고 끝내기 때문에 하수다. 대부분 하나씩 재주는 있지만 그것을 살릴 줄 아는 사람은 소수다. 주변을 보면 쓸모없어 보이는 재주라고 그냥 내버려 두는 사람들이 많다. 만약 그 사람들이 자기 길을 찾아갔다면 그 세계에서만큼은 일류가 될 수 있을 텐데, 대부분은 사소한 취미로 남겨 둔다.”

“사소한 취미요?”

“잘할 수 있을 것 같은데 노력은 하지 않는다. 노력은 생각보다 귀찮고 힘들거든. 노력에도 용기가 필요하고. 실패하는 게 무서워서 노력할 생각도 안 하는 거지.”

“선생님, 저 궁금한 게 있어요.”

“질문은 언제나 환영이다.”

“근데 그 여자랑은 어떻게 됐어요?”

“이제 이십 분밖에 남지 않았구나. 진도 나가자.”

과외의 얼굴이 어정쩡하게 진지하다. 그러니까 요약하면 과외는 재능을 살리다 말았다는 건가? 요점이 뭐지? 우리는 너무 많은 것을 수업 시간에 배운다. 그러나 정작 궁금한 것은 수업 시간에 가르쳐 주지 않는다.

우리 세대는 게임으로 세상을 배웠다. 정해진 시간 안에 남들보다 더 빨리 생산할 것, 남들보다 더 빨리 움직일 것, 이렇게 경쟁을 배웠다. 지금 하나를 선택하면 다른 하나는 선택할 수 없다. 선택이 승패를 좌우한다. 기회비용도 배웠다. 어쨌거나 저쨌거나 이기는 놈이 승자다. 허용되는 범위 안에서는 모든 수단을 동원해서라도 이기는 게 게임의 목적이다. 이것을 두고 현실이라고 했다.

게임에서는 상대가 뭘 하는지만 알 수 있다면 막아 낼 수 있다. 얼마나, 어디까지 아느냐가 문제일 뿐이다. 시험에 무슨 문제가 나오는지 미리 안다면 아무리 바보라도 최소한 답만 외워도 꽤 괜찮은 성적을 거둘 수 있다. 문제는 무슨 문제가 나오는지 모른다는 것이다. 꾸준한 정찰과 탐색은 예측의 정확도를 높인다. 미리미리 공부하는 것도 따지고 보면 정찰과 다를 바가 없다. 무슨 문제가 나올지 미치도록 예상하는 것, 그게 결국 정찰이다. 미래에 대해서도 꾸준한 정찰이 필요하다는 사실을 이제 알 것 같다.

모든 게임의 엔딩을 볼 수 있는 것은 아니다. 엔딩을 보지 못하고 게임이 끝나 버리는 경우도 있다. 그럼 엔딩이 없는 삶도 있을까? 갑작스러운 사고사 같은 배드엔딩은 엔딩이 아닐까?

우리는 게임이 더 친숙한데 독후 감상문 쓰기라니. 게임이나 만화책 감상문 쓰기 같은 걸 하면 그럴듯하게 잘 쓸 수 있을 텐데.

여름방학 때도 독후 감상문 쓰기는 있었다. 검사는 하지도 않았다. 담임이 이번에는 대학 갈 때 필요하다며 꼭 검사를 한단다. 숙제 안 해 오는 애들은 2학년에 따라가서라도 괴롭혀 주겠다고 했다.

어쨌든 요즘 고민하고 있는 진로 문제에 힌트라도 얻을 겸 방학 숙제로 선정된 책들을 읽었다. 잘 정리해서 나중에 대학 원서 낼 때 포트폴리오로 제출할 수도 있단다. 담임은 허술한 것 같으면서도 은근히 끈질긴 구석이 있다.

작은누나의 말이 무섭게 다가온다. 작은누나 말대로 이런 소설들은 마냥 세상은 해 볼 만하다고 꿈을 가지라고 가르친다. 처음에는 재미있게 읽었다. 그런데 교과서에 실린 소설보다 더 무섭다.

이런 글을 쓴 작가들에게 항의하고 싶다. 옛날에는 그랬을지 모르겠지만 지금은 시대가 다르다. 누군가 말했듯이 지금은 꿈이 세상을 지배하는 시대가 아니다. 과거의 꿈을 빌릴 수는 없다.

첫 번째 책. 청소년의 아름다운 사랑을 다룬 외국 소설이다. 등장인물들은 하나같이 어른스럽다. 책 뒤에 붙은 해설을 보니 '여러 해 만에 돌아온 고향에서 주인공은 두 번에 걸친 실연의 아픔을 경험한다. 그러한 아픔을 통해 정신적으로 성숙하는 주인공은…….'이라고 되어 있다. 서양은 우리보다 더 연애도 많이 하고 개방적인 줄 알았는데, 실연과 정신적 성숙이라니 촌스럽기도 하고 고리타분하게 느껴진다.

요즘 애들이 서로 빨리 사귀고 빨리 깨진다고 하지만 내 이야기는 아니다. 애인이 있어 본 애들이 계속 다른 애들을 사귄다. 그리고 없는 애들은 계속 없다. 밸런타인데이고 크리스마스고 그런 건 나 같은 보통 애들에게는 딱히 해당되는 이야기가 아니다.

그런데도 요즘 애들은 어쩌고 하면서 떠드는 것을 보면 억울하다. 실컷 놀고 정말 좋아하는 애랑 사귀고 어쩌고저쩌고했다면 욕먹어도 좋기나 하지. 대부분은 나와 같다. 이건 자신 있게 말할 수 있다. 첫, 어쨌든 사랑을 통해 성숙한다는 말은 그다지 와 닿지 않는다. 솔로인 것도 서러운데 실연과 성숙이라니.

두 번째 책. 우리나라 소설인데 너무 아름답다. 여학생을 따라다니던 남학생들이 그 여학생 어머니한테 초대를 받고 다 같이 피아노 반주에 맞춰 합창을 하면서 건전한 이성 교제는 조금 더 큰 다음에, 라며 모두 하하호호 웃는다. 말도 안 된다. 우리한테는 그럴 시간도 없고, 그런 어른도 없다. 이런 식으로는 만화를 만들어도, 예쁜 배우를 캐스팅해서 영화를 만들어도 실패할 것이 뻔하다. 그런데 이 책이 방학 중 읽어야 할 도서 목록에 당당히 자리를 차지하고 있고 독후감도 써서 내야 한다. 내가 책을 제대로 이해하지 못한 건 아닐까 하는 걱정도 들지만 이해를 떠나서 마음속에 와 닿지 않는다.

세 번째 책. 앞선 두 책과는 좀 다르다. 나와 비슷한 학생이 겪는 방황을 그린 소설이다. 처음에는 꽤 재미있기도 하고 공감 가는 것도 있었다. 그런데 창녀가 등장하는 순간 맥이 픽 빠졌다. 우리 엄마도 이런 연속극은 안 본다. 재미있는 책이었지만 지금 이 순간, 이 시대를 살고 있는 나나 내 친구들에게는 이 책이 그저 그렇다. 주인공이 창녀와 교감을 나누고 여행을 계속하다니 정말 소설 같다. 같은 반 여학생과도 교감인지 뭔지를 나눈 적이 한 번도 없다. 중학교 때까지는 여학생들한테 맞는 남학생들이 부지기수다. 고등학교에 올라와서는 맞은 빚도 갚아 주지 못하고 어정쩡하게 지낸다.

다른 책들도 마찬가지다. 불우한 환경이지만 그것을 극복하고 아주 바른 아이로 자란다. 시니컬하지만 마음은 따뜻한 선생님도 있고 공부도 잘하고 얼굴도 그럭저럭 괜찮은데, 아무 이유 없이 주인공에게 전폭적인 신뢰를 보내며 응원해 주는 여자애도 있다. 주인공 주위는 아주아주 착한 사람들로 도배되어 있다. 주인공은 신문 배달을 해서 기타를 사고 음악을 통해 꿈을 키운다. 있을 수 있는 이야기이긴 한데, 그냥 그럴듯할 뿐이다.

학교에 입학한 지 십 년이 지났지만 소설에 나온 이야기들을 실제로 본 적도 없다. 상상도 해 보지 못했다. 외모가 뛰어나지 않지만 사려 깊은 아이가 인정받는 것도 마찬가지다. 진면목을 알아봐 주고 사람들이 응원하는 식의 이야기는 잔소리처럼 들린다.

개구리 왕자 이야기에서도 왕자가 개구리일 때 공주는 왕자를 괄시한다. 그래도 개구리 왕자는 신분이 왕자다. 우리는 그냥, 평범한, 일인 일 표만 가진 두꺼비일 뿐이다. 괜히 이제 와서 왕정복고와 같은 궁정물이 유행하는 게 아니다. 신분의 차이가 철저히 존재하는 세상이야말로 인간이 누구나 바라는 세상이 아닐까. 자신이 종만 아니라면 말이다. 일방적으로 왕자에게 유리하게 미화된 이야기는 반갑지 않다.

평생 읽을 책을 이번 방학 때 다 읽은 것 같다. 평범한 사람이 등장하는 평범한 소설은 없었다. 적어도 추천 도서에는 없었다. 개천에서 용이 나는 것은 힘들다면서 책 속에는 용들만 바글바글했다. 개룡남, 아니 개구리 왕자들의 수기를 읽고 그들이 대단하다는 것을 인정하고 나면 죄책감마저 들었다. 내가 찾는 길이 용이 되는 건 아닐 텐데, 용이 되어야만 했다.

어려운 사람들 이야기만 바글바글한 책들도 마찬가지다. 불쌍한 사람들을 보고 그래도 나는 이 사람들보다는 괜찮구나 하면서 억지 위로라도 받으란 말인가. 평범한 사람들의 평범한 이야기는 없다. 책 속에서 뛰어난 사람과 불쌍한 사람을 제외하면 아무것도 남지 않았다. 책에서 그럴듯한 사례는 여럿 볼 수 있었지만 해답은 없었다. 책 속에 길이 있다는 건 거짓말인가 보다.

독후 감상문에는 삐딱한 말만 적었다. 쓰고 나니 이래도 괜찮은지 불안했다. 다시 쓸 엄두는 나지 않았다. 어차피 담임이 꼼꼼히 읽을 리가 없다.

4

겨울방학이 끝나자마자 봄방학이 기다려진다. 개학 날인 월요일은 대충 시간을 보내고, 화요일과 수요일은 그냥 버텼다. 목요일에는 선배들의 졸업식을 봤다. 초등학교나 중학교 때와 달리 졸업이 부럽지 않았다.

금방 일 년이 갔다. 두 번만 더 반복하면 나도 졸업이겠지. 유치원을 포함해 졸업식을 세 번이나 해 봤다. 졸업은 낯설지 않은데, 그런데 불안하다.

동아리가 있는 애들은 선배들에게 선물도 하고 졸업빵을 빙자한 삥도 뜯지만 소속이 없는 나는 박수를 치다가 일찍 집에 왔다. 동아리나 들걸. 하고 싶은 게 없어서 들지 않았지만.

금요일은 종업식이었다. 종업식을 하고 돌아왔을 때 엄마는 또 집에 없었고 대신 카드가 한 장 있었다. 엄마가 데리고 나갔는지 삼식이도 보이지 않았다. 알파벳 같은데 전혀 읽을 수 없는 데다 중간중간 이상한 문자가 섞인 카드였다. 엄마는 친절하게 번역을 적어 두었다.

Добрыwй вечер

좋은 저녁

Удачи!

행운이 함께하길!

다행히 효주랑 같은 반이 되었다. 영현이와 또 같은 반이 되지 못한 것 따위는 아무렇지도 않았다. 일부러 효주를 찾아가 훔쳐볼 용기는 없지만 같은 반이면 슬며시 쳐다볼 수 있다. 영현이 정도는 작년처럼 쉬는 시간이나 점심시간에 놀러 가서 보면 된다.

작년 우리 반에서 나랑 효주만 같은 반이 되었다. 문과 반, 이과 반으로 나뉘고 다시 갈리고 하다 보니 나랑 효주만 인연이 이어졌다. 하고 많은 반 중에서, 그것도 두 명만 또 같은 반이 되다니, 운명적인 만남 같다. 올해는 효주와 좋은 일이 생길지도 모른다.

그런데 불행하게도 또 같은 담임이다……. 담임은 나를 보며 웃는데 하나도 반갑지 않다. 담임은 우연한 일일 뿐, 아니 담임을 또 만난 불운을 효주가 위로해 준다고 생각해야겠다.

그리고 도훈이와 같은 반이 되었다. 아줌마, 여기 액땜 하나 추가요.

3월 말, 2학년이 되고 첫 모의고사를 쳤다. 내 성적보다 도훈이 성적이 더 신경 쓰였다. 두 달 남짓 과외를 해서 자신감도 있었다.

성적표는 나를 배신하지 않았다. 12등을 하는 건 무척 오래간만이었다. 멀리서 도훈이의 표정을 살피는데 뭐라도 씹은 표정이었다. 애써 담담한 표정을 짓지만 눈가에 경련이랄까, 입술이 실룩거리는 것 같기도 하고, 불만이 있지만 참고 있다는 표정이었다. 이상한 안도감과 함께 도훈이의 성적이 더 궁금해졌다. 하지만 먼저 성적을 물어보는 건 자존심도 상하고 선전포고 같은 게 되어 버린다.

공부 잘하는 애들은 좋겠다. 비슷한 등수 한두 명만 확인하면 되는 것 아닌가. 이렇게 성적이 많이 오른 건 몇 년 만에 있는 일이었다. 오늘은 아빠와의 만남이 있는 날이기도 하다. 모처럼 자랑할 만한 일이 생겨서 기분이 좋았다.

"축하한다. 뭐든 사 줄게."

아빠도 기분 좋아 했다. 성적표 덕분에 할 말도 많아졌다.

어렸을 때 아빠는 공부 잘하는 사람보다는 도덕적인 사람이 되라고 했다. 그때 아빠는 분명 공부보다 인성을 강조했는데 언제부터인가 그런 말은 하지 않았다. 엄마도 마찬가지다. 교장 선생님 훈화에서도 인성 이야기는 안 나온다.

집에 들어오자마자 컴퓨터를 켜 도훈이 녀석의 블로그에 몰래 들어갔다.

'아슬아슬하게 한 자리. 후…… 나는 아직 멀었다. 단지 모의고사일 뿐, 따로 준비하지 않았으니 어쩔 수 없겠지. 냉정하게, 치열하게. 청춘을 걸어 보자.'

아슬아슬하다고 했으니 8등일까 9등일까. 9등이겠지? 녀석의 일기를 보고 나는 맥이 빠졌다. 손발이 오글거리기는 해도 녀석은 10등 안에 들고도 저런 생각을 하고 있다. 열심히 한다고 했는데, 난생처음 모의고사를 준비하면서 일주일 동안 열심히 공부하고 시험 전날 밤에는 늦게까지 공부했는데, 저 녀석과 나 사이에는 두 명 이상이 더 끼어 있다. 거기다 저 녀석은 아무 준비도 하지 않았다고 한다.

오기와 상실이 번갈아 가면서 나를 난타했다. 그래 까짓거, 이제 나는 시작이다! 하는 생각이 들었다가 곧바로 에이 씨, 이게 뭐야, 라는 생각이 찾아왔다. 책을 펴 놓고도 잡생각만 들었다. 도무지 집중이 되지 않았다.

똑똑.

"들어와."

작은누나는 누워서 책을 보고 있었다. 나는 누우면 잠부터 오는데. 누워서 책을 저렇게 집중해서 볼 수 있는 인간도 흔치 않을 것 같다. 작은누나는 뒹굴거리면서 계속해서 책만 읽는다. 팔이 저리지도 않나.

"난 줄 어떻게 알았어?"

"우리 집에 노크하는 사람은 너랑 나밖에 없거든. 내가 문을 두드렸을 리는 없잖아?"

작은누나 책장에는 이해하지 못할 책들이 가득하다. 저걸 정말 다 읽었을까 의심이 든다. 어렸을 때부터 작은누나의 책들은 끊임없이 늘어났다. 체세포분열, 자가 번식이라도 하는 모양이다. 우리가 안 보는 사이 책들이 꿈틀거리면서 반으로 딱 나눠지고 다시 자라고 하는 건가. 꿈틀꿈틀, 찌이익, 꿈틀꿈틀하면서 책들이 분열하는 거다.

"작은누나."

"응."

"사람이 말하면 좀 쳐다보지."

"응."

대답과 달리 작은누나는 여전히 책만 보고 있다.

"어떻게 하면 공부 잘해?"

"너처럼 푸념할 시간에 공부하면."

말하는 것하고는. 한참 대꾸도 하지 않고 그렇다고 방을 나가지도 않자 작은누나는 책을 내려놓았다. 얼굴에 귀찮다고 씌어 있었다.

슬프지만 상담할 사람이 작은누나밖에 없다. 큰누나라면 아주 쿨하게 대답할 것이다. 그래? 그럼 더 열심히 해서 이겨, 라거나 예쁜 게 이기는 거야, 근데 넌 그럴 얼굴은 안 되니까 공부해야겠네, 라거나 비켜, 귀찮게 굴지 마, 라고. 엄마 아빠랑 상담을 한다는 건 상상이 되지 않는다. 영현이는 다른 길을 가고 있고……. 막상 대화할 사람이 없다.

이야기를 다 털어놓자 작은누나가 비꼬는 표정으로 말했다.

"아, 사랑스러운 막내야. 세상은 말이지, 상대평가란다. 너만 잘한다고 되는 게 아니야. 축하해. 드디어 니가 상대평가를 깨달았구나. 물론 나는 중학교 1학년 때 깨달은 사실을 이제야 깨닫는 것이 축하할 일인지 아닌지는 헷갈리지만 그래도 축하해. 지금이라도 깨달은 게 어디니?"

"좋겠어."

"좋지는 않아. 깨닫는다고 해서, 잘한다고 해서 쉬워지는 건 아무것도 없어. 그냥 상황을 인식할 따름이야. 사실 대학 가서 진로를 고민해도 돼. 어차피 너희 때는 공부 말고는 다른 걸 찾기도 힘들어. 요즘 진로 때문에 고민 많다며? 잘 생각해 봐. 나처럼 후회하지 말고."

작은누나 입에서 후회한다는 말이 태연하게 나와서 나는 깜짝 놀랐다. 큰누나 말이 얼마간 맞는다는 것도 충격이었다. 자타가 공인하는 공부 머신, 공부를 정복하기 위해 미래에서 파견된 기계 인간, 전교 1등 따위는 기본이며 대학교에서도 장학금을 계속 받은 곧 박사를 딸 인재, 그런 괴물의 입에서 공부하는 것을 후회한다는 선언이 나올 줄이야. 세상에 이런 일이 다 있다니.

"큰누나처럼 회사 다니면서 평범하게 사는 건 어때?"

"평범하게 사는 게 가장 힘든 거야. 언니가 편해 보여?"

"다들 그렇게 사는 거 아냐?"

"거기까지."

"응?"

"그만. 나 이 책 봐야 해. 억지로 이야기할 기분도 아냐. 삼식이 너도 나가."

작은누나의 말소리에는 묘하게 힘이 없었다. 기분이 영 안 좋아 보인다. 할 말을 남겨 두고 내 방으로 돌아왔다. 갈수록 집에서 나랑 놀아 주는 생명체는 삼식이밖에 없다. 눈치 빠른 삼식이가 나를 따라왔다.

작은누나가 후회란 걸 한다니. 모든 엄친아, 엄친딸은 언제나 당당했다. 자신들의 성공담을 책으로 쓰고, 텔레비전에 나와서 웃었다. 작은누나야 미모가 부족해 텔레비전에는 못 나가겠지만.

엄친딸의 입에서 자신의 삶에 대한 후회가 나오리라고는 생각하지 못했다. 작은누나는 내가 따라잡을 수 없는 우상이었고 살아 움직이는 위인전이었다. 작은누나 때문에 받은 스트레스만큼이나 작은누나는 나의 자랑거리였다. 내가 그런 삶을 살지 못해도 엄친딸이 내 가족이라는 것 자체만으로도 자랑스럽고 만족감을 얻었다. 나는 주저앉아 한숨 쉬는 영웅의 뒷모습을 봤다. 대체 뭘 어떻게 해야 하는 거지?

5

"기분이 어떠냐."

자랑스럽게 내미는 성적표를 보는 과외의 얼굴은 무표정했다. 당연히 기분 좋은 것 아닌가? 과외를 자를 생각은 없지만 과외 선생님들이 우리 눈치를 보는 것쯤은 안다. 내 성적이 올랐으니 속으로 안도하고 있을 텐데 왜 저리 무표정하지?

"왜 너희들 성적이 안 오르는지 아느냐?"

"공부를 안 해서요?"

"그럼 왜 공부를 안 하는 것 같으냐? 누구는 열심히 하는데, 누구는 열심히 하지 않는다. 그리고 대개 공부를 잘하는 애들이 더 열심히 한다. 이상하지 않느냐?"

"공부를 열심히 하니까 잘하는 것 아닌가요?"

"맞다. 그런데 잘하니까 공부를 열심히 하는 것이기도 하다. 1등이란 건 상당히 추상적이다. 다들 1등, 1등을 쉽게 말하지만 이건 쉽게 와 닿는 대상이 아니다. 1등을 추상이 아닌 구체적인 대상으로 알고 있는 애들이 흔히 말하는 상위권이다. 그 애들에게 1등은 구체적이기 때문에 그것을 갖기 위해 열심히 공부한다."

알 것 같기도 하고 모를 것 같기도 한데, 이해는 간다. 이거 원, 내가 뚜렷하게 알고 있는 것은 무엇일까.

"쉽게 말해서 문제를 못 푼다고 때린다면 모든 애들이 열심히 문제를 푼다. 맞는 것은 구체적이기 때문이다. 90점은 추상적이다. 하지만 거기에 컴퓨터나 용돈 같은 것을 더하면 구체적으로 변하게 된다. 그래서 흔히 보상을 주는데 갈수록 이게 먹히지 않는다."

"몇 점 받으면 뭐 해 줄게, 그런 것 말이죠?"

"그래. 특히, 꿈 같은 것은."

"꿈요?"

"니가 계속 고민하는 문제, 장래 희망이 없다는 문제가 전형적인 사례다. 그리고 가장 심각한 문제다. 장래에 무엇이 된다는 건 너무나 막연하고 추상적인 개념이다. 장래 희망에 대해 꽤 뚜렷한 생각이 있는 아이들도 막상 그 직업이 하는 일을 한 시간도 상상하지 못한다. 진로를 구체화시킬 필요가 있다. 과외를 할 때마다 학생들에게 하는 말이다만 대부분 진로를 구체화하지 못하고 그냥 공부만 한다. 진로를 정하고 공부를 하는 것과 몇 등 안에 들겠다고 공부를 하는 것에는 차이가 있다. 몇 등 안에 드는 목표를 정하는 쪽이 당장에는 더 효과적일 수도 있다. 그러나 그 아이들은 결국 진로를 설정하는 데에는 실패한다."

"그러니까, 진로를 생각해 보라는 거죠?"

"지금 네 머릿속에 떠오르는 이유는 무엇이냐? 공부를 잘해야 하는 이유는?"

공부를 잘해야 하는 이유……. 훌륭한 사람이 되기 위해 공부하는 건 아닐 것 같고. 잘하면 좋으니까. 이상한 말이지만 공부를 잘해야 하는 이유가 꼭 있어서 공부하는 것은 아니었다. 그냥 잘하면 좋으니까? 내가 공부를 하는 이유가 뭘까.

우선 도훈이 녀석보다 잘했으면 좋겠다.

"이 성적을 두고 올랐다고 하긴 어렵다."

분명히 올랐는데 오른 게 아니라는 과외의 말에 내 얼굴이 굳었다. 표정 관리가 어려워서 엄마나 누나들은 내 얼굴 표정만 보고도 모든 것을 꿰뚫어 본다.

"특히 수학. 푼 것과 찍은 것 차이가 별반 없는 점수대다. 70점을 안정적으로 넘겨야 풀어서 나오는 점수대지. 이번에는 몇 개 더 잘 찍었을 뿐이다. 좋은 대학을 가기 위해서는, 문과도 결국 수학에서 승부가 갈린다. 책 펴라. 그리고, 계단을 잊지 마라."

과외는 계단을 잊지 말라고 했다. 성적은 대각선으로 오르는 게 아니라, 계단형으로 오르는 것이라고 했다. 일정한 축적 이후에 한 번에 상승했다가, 다시 오랜 축적을 거쳐야 한다는 것. 한 달 만에, 또는 계속해서 성적이 오를 수 있다는 말은 사기라고 했다. 그런 일이 있을 수 있더라도 그건 우리한테는 해당되는 사항이 아니란다.

다른 과외나 학원 선생님들은 금방이라도 성적이 오를 것처럼 말하고 나는 가능성이 넘치는 학생이라고 말했다. 그런데 이번 과외는 그들과 다르다. 과외는 안되는 경우가 대부분이지만 해 보자고 말했다. 안되지만. 안되지만.

그러고 보니 행렬에 대해 다 아는 것 같은데, 행렬 문제는 다 풀 수 있을 것 같은데, 막상 시험지를 받아 보면 행렬과 삼각함수가 연계되어 문제가 나온다. 삼각함수는 중학교 3학년 때 배운다. 중3 때 논 게 행렬 문제의 발목을 잡는 것이다. 과외 말대로 수학은 찍은 게 좀 더 맞았을 뿐이다.

공부를 열심히 하는 것을 다이어트에 비유하고 싶다. 누구나 마음만 먹으면 할 수 있을 것 같다. 이미 공부를 잘하는 사람들, 별로 뺄 살이 없는 사람들은 금방 목표에 도달할 수 있다. 그런데 목표와 위치가 먼 사람들일수록 이루기가 어렵다. 나는 최대한 목표를 가까이 끌어안으려고 마음먹었다.

봄날, 5교시, 춘곤증은 우리 반뿐만 아니라 학교 전체를 지배하고 있었다. 급식에 약이라도 탄 게 아닐까. 약을 탔다면 수면

제 대신 이상한 각성제를 탔겠지. 선생님도 피곤한 표정이었다. 바람 부는 소리가 들렸다. 조용히, 조용히 수업이 꽃잎처럼 지고 있다.

"22번 말해 봐."

번호만 없어도 세상은 좀 더 따뜻할 텐데. 숫자는 세기의 발명품이라는데 그런 발명품들이 흔히 그렇듯이, 뛰어난 만큼 철저하게 우리를 옭아맨다. 나만 안 걸리면 되는데 꼭 걸리는 건 나다. 2번을 시킬 때부터 준비했어야 하는데. 졸다가 일어난 2번은 질문이 뭔지도 몰랐다.

주변 친구들에게 도움을 청하는 눈길을 보냈지만 다들 나와 같은 신세다. 다행히 점심시간 다음 시간이라 선생님은 관대하게 넘어갔다. 고개를 돌려 보니 효주도 졸고 있었다. 꾸벅, 꾸벅, 효주는 조는 모습도 영화 같다. 효주가 졸고 있어서 다행이다.

중간고사 성적은 모의고사보다 못했다. 내신과 모의고사가 다르고, 컨디션이 별로였다거나 하는 다른 핑계도 있지만, 정말이지 성적을 잘 받는다는 건 쉽지 않았다. 이렇게 공부했으면 진작 뭐라도 되었을 성싶은데 성적은 다시 제자리걸음이었다. 15등.

기대가 큰 만큼 실망도 컸다. 운발이 있었다고는 해도 은근히 모의고사만큼은 나올 줄 알았다. 성적 때문에 짜증이 난 적은 있어도 화가 난 것은 처음이었다. 2학년이 되고서 말도 한 번 안

해 본 도훈이의 비웃음 소리가 들리는 것 같았다. 효주는 3등이고 도훈이는 5등 안을 노리고 있다는 소문을 들었다. 성적표는 기대를 배반하기 위해 존재했다. 마치 복권처럼. 엄마는 혹시나 1등에 당첨되지 않을까 하며 정성 들여 로또를 사지만 매번 꽝이다.

예전에는 수업 시간에 대답을 못한다고 해도 그다지 부끄럽지 않았다. 부끄러움은 잠시였고 집에 돌아가면 바로 잊어먹기 일쑤였다. 그런데 이제는 부끄럽다. 효주한테 부끄럽고, 도훈이한테 부끄럽고, 나 자신한테 부끄럽다. 얼굴이 벌겋게 달아올랐을지도 모른다. 선생님도, 학생들도, 누구도 나를 비웃은 것도 아닌데 세상에 나 혼자 벌거벗은 기분이다.

"그게 바로 내 기분이야."

편의점에서 컵라면을 먹으며 영현이가 말했다. 왕뚜껑. 영현이는 왕뚜껑만 먹는다. 이름이 마음에 든다나.

영현이는 더러 학교도 빠지고 있다. 학교를 그만둘지 최소 출석일수만 채우고 어떻게든 졸업장을 딸지 고민이라고 했다. 랭킹이 아주 조금 상승했지만 여전히 인터넷에서 영현이의 랭킹을 보려면 스크롤바를 한참 내려야 했다.

"나도 열심히 하는데 나보다 더 잘하는 선수들이 너무 많아. 하루에 열 시간씩 게임만 하는데……. 요즘은 제대로 선택한 길이 맞는지 의심스러워."

열 시간? 멍하게 수업만 듣거나 책상 앞에 앉아만 있는 시간을 빼면 내가 순수하게 공부만 하는 시간이 하루에 몇 시간이나 될까?

"그럼?"

"……이제 와서 공부하는 건 늦겠지?"

새끼, 공부라니.

자신 없는 영현이의 대답을 듣자 짜증이 났다. 나도 자신이 없는데 제일 친한 친구 녀석마저 기죽은 소리를 하고 있다. 아 씨, 어쩌라고. 가뜩이나 피곤하고 갑갑해 죽겠는데. 나도 모르게 녀석의 뒤통수를 후려갈겼다.

"무슨, 공부가 우스운 줄 알아!"

와르르, 편의점 물건이 쏟아지고 먹던 컵라면이 날아올랐다. 세게 때리려고 했던 것도 아니고 소리 지를 생각도 없었는데, 나도 당황했다. 편의점 안 사람들이 우리를 쳐다봤다.

영현이는 잠시 어이없다는 듯 나를 쳐다봤다. 영현이가 나보다 더 큰데. 영현이는 싸움도 잘하는데. 영현이의 날아오는 주먹을 보면서도 얼굴에 정통으로 맞았다.

오래간만에 하는 싸움이라 그런지 모든 근육이 다 떨렸다. 한 대 맞고, 다시 주먹을 지르고, 영현이가 잠시 비틀거리고, 곧바로 개싸움을 시작했다. 내 발에 내가 꼬여서 휘청거렸고 영현이가 그 위에 올라탔다. 영화같이 멋진 싸움은 현실에서 찾아보기 힘들다. 우리는 영화 주인공이 아니었다. 투닥거리면서 서로 힘을 써 댔지만 막상 서로 제대로 때리는 경우는 드문, 부둥켜안고 우는 것 같은 모양이었다.

그마저도 얼마 투닥대지도 못하고 편의점 아르바이트생에 의해 진압당했다. 다행히 물건도 나도 상하지 않았다. 우리는 입으로만 욕을 주고받으며 헤어졌다. 헤어질 때 영현이가 했던 말이 계속 귀에 울려 짜증이 났다. 근데 우리는 왜 싸운 거지.

"니가 언제부터 공부했다고!"

다시 모의고사를 쳤다. 이를 악물고 공부한 보람이 그다지 나타나지 않았다. 다시 12등이었다. 올랐다가, 다시 되돌아갔다가, 다시 똑같이 올랐다. 한두 달 공부한 것과 서너 달 공부한 결과가 같다는 게 믿기지 않았지만 조금 더 참기로 했다. 모의고사만 조금 더 잘 나오는 건 아닌지 의심스러웠다.

수학이 도통 잡히지 않았다. 형용사, 부사, 명사 가리지 않고 외운 단어 덕분에 영어는 어느 정도 성적이 올랐다. 국어 성적도 꽤 올랐다. 그런데 자신 있던 사회에서 크게 배신을 당했다. 믿었던 사회에게 배신을 당하자 쓰라림은 여느 때보다 컸다. 겨우 다른 과목 성적이 올랐다 싶었는데 자신 있던 과목에서 참패를 할 줄이야. 하지만 이건 실수가 분명했다. 틀린 문제를 찬찬히 살펴보니 어이없는 실수이거나 조금 잘못 생각한 것에 불과했다. 조금만 더 주의를 기울여 문제를 풀었다면 시험지 위로 비가 이만큼 쏟아질 일은 없었는데.

"총점 불변의 법칙이다."

성적표를 한참 보던 과외가 말했다.

"너는 사회만 좀 더 잘 봤어도, 평소만큼만 봤어도, 하고 생각하겠지. 그리고 이 성적표에서 사회 성적만큼은 본래 실력이 아니라 실수일 뿐이고, 재수가 없었다는 생각을 하겠지. 그러나 이건 분명히 네 성적이다. 좋은 것만 취하고, 나쁜 것은 버릴 수 없다. 네가 어떤 생각을 하건 뭐라고 변명하건 간에 이게 바로 네 성적이다."

나도 모르게 볼펜을 떨어뜨렸다. 볼펜을 주우려 의자 밑으로 고개를 숙이는데, 그 위로 과외의 말들이 쏟아져 내렸다.

"다음에 사회에서 제 점수를 찾는다면 이번에 잘 본 과목들이 그저 그럴 것이다. 이건 대체로 맞다. 이걸 극복하고 싶다면 더 열심히 공부하는 수밖에 없다. 한 과목이 오르면 다른 과목이 내려간다. 너희는 모든 성적을 고루 잘 받아야 한다. 한 과목에 집중하면 다른 과목은 그만큼 약해질 수밖에 없다. 유일한 길은 모든 과목에 집중하는 것이다. 시간은 부족하겠지만."

작은누나의 후배만 아니면 벌써 잘랐다. 뭘 먹고 자랐길래 저런 입바른 소리만 하지? 하지만 얄팍하게나마 그동안 늘 부동자세를 취했던 성적이 올랐고, 과외는 엄마와 작은누나의 신뢰를 받고 있었다. 과외를 시작한 지 오 개월, 나는 과외가 나보다 더 우리 집에서 신용을 얻고 있다는 사실을 깨달았다. 삼식이마저 나보다 과외 앞에서 애교를 부린다.

"진로는커녕 도훈인가 하는 애 하나 이기지 못하고 있구나. 더 열심히 해 봐라."

"언제는 진로가 더 중요하다면서요?"

"그래, 더 중요하지. 그럼 진로는 찾았느냐?"

얄밉다. 아아 얄밉다. 과외를 마음대로 부릴 수 있는 직업을 가져서 받은 그대로 괴롭혀 주고 싶다. 가만, 그게 뭐지? 학생? 학부모?

6

아침 6시 기상. 뼈가 울고 나도 운다. 알람 소리가 얼마나 저주스러운지 모른다. 저놈은 잠도 없나. 전기로 움직이는 녀석들은 하나같이 인정이 없다. 이제 큰누나는 시끄럽다고 내 방에 와서 고함을 지르지도 않는다. 무슨 방법을 터득했는지는 모르지만 큰누나는 더 이상 나를 걷어차지 않았고 나는 스스로 알람 소리를 이겨 내야 했다. 알람 소리 때문에 마냥 화가 나기도 했다. 무슨 부귀영화를 바라서 내가 이 짓을 하고 있는 걸까. 딱히 이유도 없으면서 열심히 공부하는 학생은 나밖에 없을 거다.

화가 나는 날에는 오히려 잠이 쉽게 깼다.

가끔 아침밥을 하던 엄마가 들어와서 불쌍한 듯 침대에서 엉덩이를 들고 엎드려 있는 내 어깨를 주물러 줬다. 아침밥을 먹는 사람이 나밖에 없는데 꼬박꼬박 일어나서 밥을 하는 엄마가 고맙고 불쌍했다. 억지로 아침밥을 먹었다.

강제로 아침에 자습을 시키는 학교도 있다는데, 우리 학교는 그나마 1, 2학년은 봐줬다. 나는 고3 선배들과 함께 등교해서 교실 문을 열었다. 지금부터, 고3같이! 6시 50분, 교실에는 아무도 없었다. 썰렁한 교실은 격려랄까 이상한 힘을 준다.

일주일이 다 뭔가. 사흘도 못 되어서 나는 졸기 시작했다. 수마는 무서운 녀석이었다. 오죽하면 마귀로 표현될까. 아, 왜 이리 이상과 현실의 괴리가 깊은지 모르겠다. 요즘은 머리가 닿기만 하면 자는 게 아니라 공중에 떠서도 깜빡 잔다. 어떨 때는 연필을 꽉 쥐고 잤다.

어느 날 한참 졸고 일어나니 내 머리맡에 초코파이가 하나 있었다. 입에서 흘러내린 침은 바다를 이루고 있었다. 가방에서 휴지를 찾는데 금방 집히지 않았다. 어느새 아이들이 등교하는 시간이었다. 아직까지 멍한 시야 밖으로 친구들이 드문드문 보였다. 가방을 뒤적거리는데 눈앞에 형상이 어른거리고 있었다. 안경을 바로하고 보니 여자였다.

"어유, 침 좀 봐."

효주……. 효주가 나에게 휴대용 티슈를 건넸다. 혹시 이 초코파이도……? 티슈를 받아 책상 위에서 파도치는 바다를 닦았다. 정신도 흐리멍덩했고, 효주가 나에게 뭔가를 주었다는 것도 혼란스러웠다. 얼마나 열심히 책상을 문질러 닦았는지, 휴지에는 침뿐만 아니라 잉크 같은 게 퍼렇게 묻어 나왔다.

"저, 저기."

"응?"

남은 티슈를 돌려줄 때 효주가 싱긋 웃었다. 효주의 웃는 얼굴을 보자 티슈를 건네는 손이 떨렸다.

"그러다가 책상 닳겠어. 너, 요즘 공부 열심히 하더라?"

효주가 나를 보고 있었다. 그 순간 공부야말로 내 인생의 사명이요 목표가 되었다. 어떻게 해서든 공부를 잘해서 효주에게 인정받고 싶었다. 공부를 해야 할 진짜 이유를 찾았다.

영현이가 7연승을 거두었다. 해설자들은 영현이가 3연승을 할 때부터 호들갑을 떨기 시작했다. 예전에는 역시 신예는 신예라느니, 아직까지 가다듬어지지 않았다느니 하던 해설자들이 갑자기 영현이의 플레이를 마구 칭찬하기 시작했다. 분명히 아직 한참 부족하다고 악평을 퍼부었던 해설자가 자신은 영현이가 한 방 터뜨릴 줄 알았다며 나도 알지 못하는 영현이의 여러 에피소드를 떠들어 댔다.

텔레비전 속 영현이를 보자 미안한 생각도 들고 화해하고 싶었다. 편의점 사건 이후로 영현이를 한 번도 만나지 못했다. 영현이네 반에 찾아갔을 때마다 영현이의 자리는 비어 있었다. 걔네 반 친구한테 들으니 계속 학교를 나오지 않는다고 했다. 이러다가 잘릴 거라는 말도 들었다. 고등학교는 의무교육이 아니다. 중학교와는 달리 잘릴 수 있기 때문에 논다는 애들도 예전보다는 몸을 사렸다.

그 대신 인터넷에서 영현이를 예전보다 자주 볼 수 있었다. 게임 사이트에 영현이의 이름이 자주 올라왔다. 영현이의 승리 인터뷰도 자주 눈에 띄었다. 어색한 미소와 함께 브이를 하고 있는 영현이의 얼굴이 여러 곳으로 퍼져 나갔다. 더 분발해서 팀에 도움이 되겠다는 인터뷰를 봤다. 영현이 개인 기록은 좋아졌지만 그 팀은 간발의 차이로 패하는 경우가 많았다.

프로 리그에서 7연승은 아무나 할 수 있는 게 아니다. 잘하면 잘할수록 상대팀에게 저격당할 확률이 높기 때문이다. 사소한 습관 하나하나도 상대팀에게 분석된다. 하지만 영현이는 7연승을 달렸고 9연승까지 이룬다면 최고 기록과 타이를 이루게 된다. 컴퓨터를 끄고 책상 앞에 앉았다. 영현이가 잘하는 것이 마냥 기쁘지만은 않았다. 내가 이렇게 속 좁은 놈인 줄은 몰랐다.

영현이에게 질 수 없다. 효주, 도훈이에게도 질 수 없다. 작은누나에게도 지기 싫다는 생각이 처음 들었다. 아빠에게 당분간 한 달에 한 번만 만나자고 문자메시지로 통보했다.

쉬는 시간에는 자거나 책을 봤다. 나를 두고 변했다고 수군대는 소리가 들렸다. 책은 성장소설이나 자서전들을 주로 읽었다. 여전히 그들의 이야기에 동감할 수는 없었지만 조금이라도 자극을 받고 싶었다. 그들에게 세상은 너무 쉽다. 반 성적을 한두 등수 올리기 위해 코피를 쏟는 사람들의 이야기는 존재하지 않았다. 처음부터 천재였거나 너무 쉽게 천재가 되는 사람들이었다. 실화라고 해도 현실감이 없었다.

성장소설에는 극단적인 주인공이 등장했다. 부모님이 없거나 가정에서 핍박받는 아이가 온갖 시련을 겪어 내는 이야기였다. 그 가운데는 꼭 성격 나쁜 조력자가 존재했다. 나 같은 평범한 사람과는 거리가 멀었다. 소설 속에서나 마주할 수 있는 특별한 이야기였다. 세상에는 말하는 파랑새도 마법도 없다. 특별한 성장소설은 특별하기 때문에 와 닿지 않았다. 대신 소설의 주인공들을 경쟁 상대라고 생각하며 전의를 불태웠다.

잠을 줄인 시간이 아까워 수업 시간에는 졸지 않았다. 믹스커피를 두 봉지 뜯어 최소한의 뜨거운 물만 붓고 한 번에 마셨다. 어떤 수기에서 본 방법이다. 물을 많이 마시면 화장실에 가고 싶고 커피는 이뇨 작용도 심하니, 화장실 갈 시간은 줄이면서 카페인을 섭취하는 방법이라고 쓰여 있었다. 달달하면서도 쓴 맛이 한꺼번에 몰려왔다. 그래, 인생이란 이런 맛이겠지. 나도 블로그에 '믹스 커피에서 깨달은 인생'에 대한 글이라도 올려볼까.

밤늦게 공부하다 목이 말라 나왔는데 부엌에 불이 켜져 있었다. 식탁에 엄마 혼자 앉아 책을 보고 있었다.

"뭐 해?"

아무 대답이 없다. 엄마의 귀에 이어폰이 꽂혀 있다.

"깜짝이야. 아직 안 잤니?"

"공부하느라. 엄만 뭐 해?"

엄마가 이어폰을 빼면서 말했다.

"나도, 공부."

늦은 밤인데도 엄마 얼굴이 좋아 보인다. 책을 보니 지난번에 엄마가 카드에 적어 준 것과 같은 이상한 알파벳이 적혀 있었다. 중급 러시아어.

"엄마 러시아어 공부해? 것두 벌써 중급이네?"

"꽤 지났는데 여전히 중급이네."

"웬일이야? 엄마가 공부를 다 하구."

"은희 들어온 다음인가? 옛날부터 외국어 하나쯤 배우고 싶었는데, 은희가 학원비도 주고 해서. 어렸을 때부터 러시아어를 배우고 싶었는데 기회가 없었거든."

"영어나 하지 이걸 왜 해? 글자도 이상한데."

"엄마가 옛날에 본 영화가 너무 감동적이었거든. 강렬한 카리스마를 가진 여자 상사와 말단 남자 사원의 사랑 이야기였는데…… 그때 러시아어를 배우고 싶다는 생각을 했지. 모스크바 경치도 좋았구……. 엄마도 결혼하면서 회사 그만두지 않았으면 은희처럼 되지 않았을까? 간식 좀 줄까?"

"아무거나."

엄마가 냉장고를 열고 이것저것 챙기는 동안 러시아어 책을 넘겨 봤다. 이렇게 열심히 공부하는 사람이 있구나 하는 생각이 들 정도였다. 친구들처럼 화려하게 필기된 책은 아니었지만 정성스럽다는 생각이 들었다. 엄마는 집에서 밥하고 청소만 하는 줄 알았는데. 작은누나가 아니라 큰누나가 학원비를 줬다는 사실도 신기했다.

벨이 시끄럽게 울렸다. 인터폰을 보니 큰누나와 작은누나가 사이좋게 번갈아 가며 벨을 누르고 있었다.

"평소에는 잘만 열고 들어오면서 밤중에 시끄럽게 이게 뭐니. 이웃집에서 흉보게."

"헤헤 엄마다 엄마! 울 엄마."

"둘이 같이 들어오네?"

"오다가 요 앞에서 우연히 만났어. 헤."

"짜잔! 막내야, 선물!"

이미 냄새가 나서 큰누나가 내미는 게 뭔지 안다. 두 누나가 떠드는데 술 냄새도 팍팍 난다. 치킨 냄새와 술 냄새가 오묘하게 섞여 현관과 거실을 점령했다. 우연히 만나긴. 누가 봐도 같이 술 마신 것처럼 보인다. 서로 무관심한 것처럼 보였는데 누나들이 친한 게 어색하다.

큰누나는 오줌이 마렵다며 화장실로, 작은누나는 목이 마르다며 부엌으로 갔다.

"어라, 너 제2외국어 러시아어야?"

역시 작은누나다. 나는 이상한 문자라고 생각했던 러시아어를 한번에 알아본다. 하지만 글씨체는 알아보지 못한 모양이다.

"잘 봐, 그게 내 글씬지."

"어디 보자…… 어디서 많이 보던 글씨 같은데."

엄마는 다시 한 번 나에게 했던 설명을 반복했다. 거실에서 작은 파티가 열렸다. 엄마는 기분이라며 숨겨 둔 와인을 꺼내 왔고 나에게도 반 잔 정도 따라 주었다. 아무도 싸우지 않고 모처럼 기분 좋은 파티는…….

기분 좋은 파티는 금방 깨졌다. 엄마는 작은누나에게 어서 시집가라고 잔소리를 했고, 큰누나는 슬쩍 딴청을 피웠고, 작은누나는 와인을 퍼마시기 시작했다. 엄마도 질세라 와인을 퍼마셨고 큰누나는 깔깔거리다가 엄마에게 한 대 맞았다. 작은누나가 뭐라고 화를 내기 시작했는데 혀가 꼬여서 알아들을 수 없었다.

술에 취해 화가 난 작은누나는 얼굴과 입에서 불을 뿜어 댔다. 그래, 저게 우리 가족답다. 러시아어를 배우는 엄마와 서로 친한 누나들은 어색하다.

누나들은 곧 뻗어 버렸고, 엄마도 피곤한지 졸기 시작했다. 엄마는 졸면서까지 결혼이 어쩌고 후회가 어쩌고 하면서 중얼거렸다. 나는 이불을 들고 와 대충 덮어 주었다. 나는 다시 책상 앞에 앉았다. 문득 아빠가 생각났다.

7

그럴 줄 알았다. 툭, 하고 내민 모의고사 성적표를 본 아빠는 입을 다물 줄 몰랐다. 따끈따끈한 성적표를 받은 날 마침 아빠와의 만남이 있었다.

성적표에 무수한 숫자가 찍혀 있었지만 그중 숫자 '5'는 가장 빛나고 선명했다. 마치 금박 활자처럼.

반에서 5등. 반에서 5등. 5등이라는 말에는 힘이 있다. 반에서 6등 안에 든다는 말은 아무도 하지 않고, 신경도 쓰지 않는다. 1등, 2등, 3등, 그리고 5등까지 명예가 있다. 그래 봐야 전교에서는 50등 안에도 들지 못하지만, 그래도 5등이라는 말에는 힘이 있다. 나는 '보통' 학생에서 '상위권'이 되었다.

그리고 이 5등짜리 성적표는 나를 비롯해, 담임을 비롯해, 우리 반 전체에 영향력을 발휘했다. 담임은 종례하러 들어오자마자 내 성적에 대해 열변을 토했다. 봐라, 하면 되지 않느냐. 이 얼마나 값진 성적표냐. 늘 1등만 하는 애들보다, 나는, 물론 우리 반 1등이자 전교 1등을 한 반장의 성적표도 훌륭하지만, 오늘만큼은 이 성적표가 더 값지다고 생각한다. 모두들 열심히 하면 이렇게 될 수 있다. 나오너라! 성적표를 받아 가려무나!

쑥스러워하면서 성적표를 받으러 앞으로 나갔다. 담임은 거창하게 손을 내밀며 악수를 청했다. 얼마나 손에 힘을 주고 흔드는지 어깨까지 얼얼했다. 박수! 짝짝짝짝짝짝짝. 박수 소리가 교실 안을 뒤흔드는 것 같았다. 도훈이를 힐끗 쳐다보니 찡그린 얼굴로 가볍게 박수를 치고 있었다. 쾌감이 온몸을 뛰어다녔다.

"치, 겨우 5등 가지고 난리람."

성적표를 받고 돌아오는데 뒤에서 누군가 중얼거리는 소리가 들렸다. 그 소리가 뒤통수를 후려갈겼다. 갑자기 다리에 힘이 빠지는 것 같았다. 뒤를 돌아볼 수가 없었다. 자리로 돌아와서 앉고 나서야 화가 났다. 저 목소리의 주인이 누구인지는 알고 있다. 나와는 친하지도 않고 사이가 나쁘지도 않은, 다만 나보다 공부를 잘했던 그런 애였다. 현실이 게임보다 폭력적이다. 내가 화를 내야 하는 상황 같은데 이상하게 기운이 빠졌다.

생각해 보지 못했던 것을 생각보다 앞서 경험하게 되었다. 누군가의 성적이 오르면 누군가의 등수가 내려간다. 내 성적이 오른 만큼 다른 학생들이 한 계단씩 내려가야 했다. 당연한 사실이 벼락처럼 내 생각 속에 떨어졌다. 행복 총량 보존의 법칙인가.

도훈이 블로그에는 글이 올라오지 않았다. 하루에도 두세 번씩 들락거리는데 며칠째 아무 글도 올라오지 않았다. 빨간색, 업데이트 알림이 사라진 지 오래되었다. 내 눈으로 본 것은 아니지만, 분명 도훈이가 나보다 시험을 잘 봤을 리는 없다. 그러고 보니 벌써 1학기 기말고사가 머지않았다. 이러니저러니 해도 기뻤다.

과외가 내 어깨를 흔들었다. 나도 모르게 또 졸았나 보다. 공부를 하다가 정신을 놓는 일이 잦아졌다. 화장실에 가서 찬물에 세수를 하고 고개를 드니 다크서클이 진한 아빠가 나를 쳐다보고 있었다. 나랑 똑 닮은 아빠를 보자 반갑기도 하고 서글프기도 했다. 오줌을 누고 물을 내리자 거울 속의 아빠는 사라졌다. 목을 몇 번 돌리고 화장실을 나왔다.

다시 자리에 앉자 과외가 가방에서 무언가를 꺼냈다.

가죽처럼 보이는 코발트색 겉표지로 싼 책이었다. 선물인가? 또 책이다. 어른들은 책을 선물하는 고약한 버릇이 있다. 정작 자신들도 책 선물 받으면 싫어할 거면서. 괜히 도서상품권이나 문화상품권이 나온 게 아니다. 이런 상품권들로는 책 대신 영화도 볼 수 있고 햄버거도 먹을 수 있는데. 피시방도 갈 수 있고.

"무슨 책이에요?"

"빈 책이다."

보들보들한 촉감이 좋다. 진짜 가죽인가 보다. 오른쪽에는 하얀 밴드가 질러져 있다. 코발트색과 하얀색이 어울려 고급스럽다. 큰누나가 좋아할 만한 물건이다. 밴드를 젖혀서 책을 열어 보니 은은한 흰 속지가 나왔다. 줄 하나 없는 백지인데 살짝 거칠거칠한 게 품격이 있어 보인다. 샤라라락, 넘기는 감도 좋았다. 백지가 아름답다는 걸 처음 느꼈다.

"요즘 많이 힘들어 보이더라."

별것 아닌 말인데 울컥 울 것 같았다. 공부를 열심히 할수록 주변은 나에게 멀어지고 있었다. 논문 때문이라며 작은누나는 잘 보이지도 않았다. 큰누나도 직장 일 때문에 바쁜지 늦게 들어오는 일이 잦았다. 엄마도 엄마대로 러시아어 공부한다며 바쁘고 아빠는 한 달에 한 번 보는 게 전부다. 내가 제일 자주 보는, 가장 많은 이야기를 하는 사람은 가족도 친구도 아닌 과외다. 일주일에 세 번, 한 번에 두 시간씩 꼬박꼬박 같은 방에서 붙어 있는 사람은 과외밖에 없다.

"어떤 것이라도 좋다. 글을 써도 되고, 그림을 그려도 된다. 네 머릿속에 있는 것을 자유롭게 그곳에 옮겨 봐라. 낙서도 괜찮다. 고민하고 있는 문제를 이곳에 옮기다 보면 생각을 정리하는 데

도움이 될 거다. 계획을 가지고 꾸준히 쓰는 것도 좋고, 마음이 내킬 때마다 조금씩 써도 좋다. 다 좋으니 하고 싶은 대로 해 봐라."

이런 공책에 마음대로 쓰라고 하니까 갑자기 움찔거린다. 왠지 함부로 쓰면 안 될 것 같다. 나는 글씨도 못 쓰고 그림도 잘 못 그린다. 무엇을 써야 할지 가늠이 되지 않았다.

뭘 해야 할지 모르겠지만 그것까지 과외한테 물어볼 수는 없었다. 문득 과외가 형처럼 느껴졌다.

성적은 고정된 것이 아니다. 반에서 15등이란 말은 항상 15등이라는 게 아니라 시험을 잘 봤을 때 성적이 15등이란 이야기다. 반에서 15등은 20등까지도 왔다 갔다 하는 등수다. 내가 예전에 머물던 곳이다.

나같이 갑자기 위로 치고 나간 경우에 대해서는 두 가지 반응이 있었다. 나와 성적이 비슷했던 친구들은 긍정적으로 대해 줬다. 확신할 수는 없지만, 하면 된다는 사례를 내가 구체적으로 보여 준 셈이 되어서 그런 것 같다. 나에게 모르는 것을 물으러 오는 애들도 생겼다.

그런데 4등에서 8등을 하던 애들은 나에 대한 시선이 곱지 않았다. 대놓고 빈정거리는 애는 더 이상 없었지만 나를 탐탁지 않게 생각한다는 것은 말하지 않아도 알았다. 가령 숙제 같은 것은 더 이상 베낄 수 없었다. 예전에는 잘 보여 주던 녀석이 웃으며 거절했다. 묘하게 그 거절이 기분 좋았다.

친구들도 조금씩 거리가 생겼다. 영현이만큼은 아니지만 친한 애들이 꽤 있었는데 몇 발자국씩 멀어졌다. 쉬는 시간에는 친구들과 놀기보다는 부족한 잠을 채워야 했고, 점심시간에는 빨리 밥을 먹고 부족한 공부를 하거나 자야 했다. 예전에는 시간이 날 때면 친구들과 피시방에 갔는데 이제 아무도 피시방에 가자고 권하지 않았다. 같이 이야기를 하다가도 피시방은 자연스럽게 저희끼리만 갔다. 나는 모른 척하고 다시 자리로 돌아오고, 독서실로 갔다. 나도 예전보다 예민해지고 시니컬해져서 친구들과 딱히 잘 지내고 싶은 마음도 들지 않았다. 귀찮기도 하고 쓸데없다는 생각도 들었다. 시간 있으면 잠이나 더 자고 싶었다. 가끔, 머리를 식힐 때면 영현이의 경기를 봤다. 경기를 볼 시간이 없을 때는 결과만 인터넷에서 찾아봤다. 가끔, 도훈이와 눈빛이 마주쳤다. 처음에는 서로 노려보기만 했는데 요즘에는 도훈이가 먼저 눈길을 피한다.

학기말 성적은 중간고사 성적이 합산되어 기대보다 못했다. 기말고사만 따진다면 적어도 5, 6등은 되는 성적이었다. 나보다 담임이 더 신이 났다. 아직까지 효주보다는 못하지만 2학기가 되면 더 잘할 자신이 있었다. 효주는 이번 시험에서도 3등을 했다.

1학기는 성공적인 리그였다. 모의고사는 12등에서 5등까지 올랐다. 내신도 9등으로 끝났다. 모두 올랐다. 10등 안에 드는 것을 상상도 하지 않던 시절이 아득하다.

영현이네 팀은 전기 리그에서 3등을 했다. 전기 리그에서 팀 내 공헌이 가장 큰 선수로 영현이가 뽑혔다. 이대로라면 신인왕도 차지할 수 있을 거라는 말이 인터넷에 돌아다녔다. 오래간만에 등장한 괴물 신인이라고 했고, 팬클럽도 생겼다. 나도 슬그머니 팬클럽 사이트에 가입을 했다. 별명도 생겼다. 중계에서나 인터넷에서나 철혈 김영현이라는 말을 흔히 보고 들을 수 있었다.

가장 플레이가 인상적인 선수에 영현이가 압도적으로 꼽혔다. 문자메시지라도 보내 볼까 싶어, 한참 쓰다가 취소를 눌렀다. 아직은 아니다. 기말고사가 끝나자 뜨거운 바람이 한동안 계속 불었다. 일기예보에서는 유난히 더운 여름이라고 했다. 매미가 지겹게 울었다. 이상하게 요즘은 효주 생각이 잘 나지 않는다.

다시, 가을

1

큰누나가 소리 없이 방에 들어왔다.

큰누나는 회사 업무나 연애 사업 때문에 언제나 바쁘다. 큰누나가 다니는 회사가 주5일제를 한다지만 토요일에도 출근하는 일이 잦다. 토요일 아침 식탁 앞에 앉아 있는 큰누나는 세상 다 산 사람 같다. 나도 마찬가지다. 토요일 아침 일찍 식탁에 앉아 있는 사람은 모두 불쌍하다. 누가 누구를 위로할 처지도 아니다.

오늘은 출근 안 했나? 큰누나 브래지어가 훤히 들여다보인다. 큰누나는 가슴께가 푹 파인 티셔츠에 팬티인지 반바지인지 구분도 안 되는 걸 입고 있다. 아빠가 집에 있었으면 한 소리 했을 텐데. 나는 컴퓨터 화면을 잽싸게 다른 화면으로 바꿨고 큰누나는 킥킥거렸다. 이상한 걸 보고 있던 건 아니다. 진로에 대해 궁금한 것을 여러 가지 검색해 봤을 뿐이다. 의외로 어른들도 진로에 대해 고민하고 있었다.

"누나, 우리 인간적으로 옷차림 좀 신경 쓰는 게 어때?"

"뭐가?"

"내가 팬티만 입고 돌아다니면 좋겠어?"

"이거 반바진데? 너도 편한 대로 해, 그럼."

"그럼 노크라도 좀 하고 다녀."

"노크는 무슨, 가족끼리. 왜, 찔리는 거 있어? 킥."

큰누나는 모든 게 당당하구나. 저렇게 다른 사람 말 안 듣는 사람도 드물 거다. 큰누나에게 기대를 하지 말자. 포기하면 편하다.

"용건이 뭐야?"

"저녁 먹으러 가자."

"저녁?"

"응, 가족들의 만찬."

"외식이야? 나 이따 과외 보강 있어서 지금 나가긴 무린데. 한 시간 안에 갔다 올 수 있어?"

"괜찮아, 과외는 현지가 취소해 놨어. 가족 모두 다 갈 일이 있다니까."

"어딘데?"

"아빠한테."

"아빠?"

"그래. 몇 번을 말해? 준비나 해. 현지랑 엄마는 그쪽으로 바로 온다고 했어."

가족 모두가 한자리에 모이는 건 별거 이후로 처음이다.

엄마 아빠가 별거한 뒤 가장 힘든 날은 기념일이었다. 엄마 생일, 아빠 생일, 작은누나 생일, 내 생일, 그리고 결혼기념일부터 설날이나 추석까지, 기념일만 되면 집 분위기가 가라앉았다. 텔레비전에서 떠들썩하게 특집 방송을 내보내고 엄마가 잔뜩 음식을 준비해도 가라앉은 분위기는 떠오르지 않았다. 엄마는 매번 혼잣말로 '든 사람은 몰라도 난 사람은 안다더니.' 하고 중얼거렸다.

큰누나는 아빠와 자주 연락을 하는 모양이고 작은누나는 안 하는 것 같다. 아빠가 집을 나갈 때 가장 화를 심하게 내고, 차갑게 굴었던 작은누나인데, 그 성격에 연락을 하고 지낼 리가 없지. 갑자기 모두 다 함께 만난다고 하니 은근히 기대된다.

가족들이 행복하다고 믿었던 시절, 아빠가 회사를 그만두기 전, 우리 가족이 가끔 가던 패밀리 레스토랑으로 갔다. 아빠와 둘이서 뻘쭘하게 있던 기억이 났다.

엄마 아빠는 많이 먹지 않았고 큰누나와 나는 맛있게 식사를 했다. 하하하 호호호 분위기도 좋았다. 누구도 별거 중인 가정이란 걸 눈치채지 못할 만큼 화기애애했다. 내가 화장실을 다녀오고 후식이 나오기 전까지는.

후식을 주문하고 기다리는 사이에 엄마 아빠가 한판 붙었다. 조용조용 싸우는데 이게 더 살벌했다. 소리는 낮고 말은 많았다. 별거 후 한결같이 보여 줬던 친절한 아빠는 사라지고 듣는 사람도 짜증 날 만큼 빈정거리는 아빠만 남았다. 조금 푼수 같던 엄마는 표독스러운 말만 골라 아빠에게 집어 던졌다.

큰누나는 엄마 편을 들었고 작은누나는 아무에게도 관심 없어 보였다. 이런 엔딩을 바란 건 아니었는데. 내가 끼어들 틈도 없이 두 사람은 싸워 댔다. 누가 계산을 했는지도 모르겠다.

아빠와의 만남이 지루할까 봐 누군가 새로운 연극을 무대에 올린 걸까. 아직까지 배우들의 역량이 충분하지 않았는지 연극은 금방 파탄 나 버렸다. 각본을 쓴 사람은 큰누나일까? 배우도 작가도 모두 다 밉다. 준비되지 않은 연극을 무대에 올려서는 안 되는 거였다.

"그럴 줄 알았어."

차를 몰면서 큰누나가 말했다. 화가 난 엄마는 어디론가 쌩하고 사라졌다. 엄마는 입버릇처럼 '하늘 아래 셋밖에 없다.'고 했는데 차 안에도 셋밖에 없다. 엄마 아빠는 어디로 갔는지 모르겠다. 알고 싶지도 않다.

"그럴 줄 알았으면 좀 말리지 그랬어?"

내가 톡 쏘았다. 시비를 걸어도 큰누나는 괘념치 않았다.

"말린다고 되겠어? 냅둬, 싸워야 크는 거야."

"엄마 아빠가 애야?"

어이가 없다. 큰누나가 쿨한 거야 잘 알고 있지만 이건 쿨한 게 아니라 무신경하다 못해 개념이 없다.

"엄마 아빠도 알고 보면 애지. 어른들이 무슨 성인군자야? 니가 이때까지 봐 왔던 어른들이 그렇던? 아니잖아. 사람들은 계속 싸우는 거야. 그러면서 크는 거야. 죽을 때까지 크는 거라고."

큰누나가 대꾸할 줄 알았는데 의외로 작은누나가 말했다. 문득 두 사람의 목소리가 구별이 되지 않는다.

"누나들은 화도 안 나?"

"왜?"

이번에도 두 사람의 목소리는 동시에 차 안에 울렸다. 어라, 이렇게 호흡이 잘 맞는 사람들이 아닌데.

"처음인데, 별거하고 처음인데, 둘이 또 싸우잖아. 오늘은 별거가 끝난다는 그런 상징적인 외식 아니었어? 또 싸울 거면 대체 뭐하러 만난 거야?"

큰누나가 즐겁게 웃는다. 작은누나는 시니컬하게 웃는다. 별거를 시작할 때만 해도 두 사람 모두 손톱 발톱을 세워서 반대했는데 그동안 둘 다 참 관대해지셨다.

"귀여운 막내야. 어른들이 니가 생각하는 것만큼 어른은 아니란다."

이번에도 누구 목소리인지 모르겠다.

둘 다, 아니 넷 다 마음에 들지 않는다. 이상적인 화합은 바라지도 않았다. 별거하기 전, 어차피 큰누나는 결혼해 따로 살았고 작은누나는 밤에만 겨우 집에 들어왔으며 아빠도 마찬가지였다. 집에는 엄마랑 나, 둘이 있는 일이 많았다. 별거 후에도 아빠가 없다고 해서 불편한 것은 솔직히 없었다. 삼식이가 생겨 오히려 훈훈할 때도 있었다. 용돈은 예전보다 풍족해졌고 집도 넓어졌다. 가끔 약간 이상한 기분이 불쑥 찾아오는 것만 빼면. 오히려 아빠가 돌아온다면 불편할 것 같기도 하다.

그래도 사람은 착하게 살아야 한다는 말처럼, 가족이 모두 같이 사는 게 당연한 것 같은데. 큰누나가 시집갈 때만 해도 내심 섭섭했다. 마음 귀퉁이 하나가 썰려 나간 기분이었다. 얼마 가지 않아 큰누나가 없는 삶에 익숙해지기는 했지만. 큰누나가 시집가고 났을 때 엄마 아빠는 말할 것도 없고 작은누나마저도 맛있는 걸 먹을 때면 조용히 짧은 한숨을 쉬곤 했다. 식구라서 그런지 먹을 때가 되면 큰누나가 더 생각났다. 아빠가 나갔을 때도 그랬고.

집에 가는 동안 누나들의 쿨함에 전염되었는지 도착할 때쯤 되어서는 좋게 생각하기로 했다. 싸우는 것이야 늘 있던 것이고 다 같이 밥 먹은 것 자체가 좋은 징조다. 자주 밥 먹고 시간을 보내다 보면 아빠도 집으로 돌아오겠지. 지금까지도 아빠 없이 잘 살았는데, 뭐.

간절히 바라지 않아서일까? 밥을 먹고 나면 집으로 자리를 옮겨 함께 웃을 일을 꿈꿨는데 변화는 없었다. 쉽게 바라는 일은 이루어지지 않는다. 좋게 생각하자. 한 번 잘 흔들었다고 이기는 건 아니다. 공부처럼, 가족들간의 일도 호흡을 길게, 꾸준히 하다 보면 나아지겠지. 공부처럼 우리 가족의 화합도 계단 모양으로 나아지려나.

"선생님."

"그래."

'그래.'라니. 예전에 과외가 구어체와 문어체의 차이에 대해 설명할 때 속으로 낄낄 웃은 적이 있다.

집중도 안 되고 공부도 하기 싫었다. 더워도 너무 더웠다. 어느새 나는 공부를 열심히 시작하기 전, 1학년 때 모습으로 조금씩 되돌아가고 있었다. 이러면 안 된다고 스스로를 다잡으려고 노력하지만 쉽지 않다. 계절의 변화는 생각보다 사람에게 미치는 영향이 크다.

"제가 1등을 하고 좋은 대학에 가면 효주랑 사귈 수 있을까요?"

"수업 시간이다. 질문 같은 질문을 해라."

"언제는 형처럼 편하게 생각하라면서요."

과외가 멈칫했다. 과외는 자기가 한 말에 약하다.

"네 생각은 어떠냐?"

"저요?"

"대체 너희들은 왜 저요? 하고 되묻는지 모르겠다. 여기 나와 너 빼고 또 누가 있느냐. 자신에 대한 확신이 부족해서 그런가? 네 생각에는 효주와 사귈 수 있을 것 같으냐?"

과외에게 물을 생각만 했지 스스로 생각해 보진 않았구나. 곰곰. 아마, 안 될 것 같다.

"……안 될 것 같은데요."

"내 생각도 그렇다. 다시 집중하렴."

어른들의 말은 이중적이다. 좋은 대학만 가면 다 해결될 것처럼 말하다가도 어떨 때는 대학 간다고 다 될 것 같아? 하고 부정적인 반응을 보인다. 솔직한 어른이 좋지만 너무 솔직한 어른은 싫다.

하긴, 큰누나와 작은누나가 증인이다. 대학은 작은누나가 훨씬 더 잘 갔지만 어디를 봐도 큰누나가 훨씬 더 잘 산다. 돈도 더 잘 벌고 하는 일에 보람도 느끼는 것 같다. 큰누나는 작은누나처럼 후회를 하는 것 같지도 않다.

"자, 이런 점에서 볼 때 세상에는 개구리와 두꺼비가 있지만 그 차이를 아는 사람은 많지 않다. 여기까지는 이해할 수 있지?"

"어…… 예."

과외가 책상을 쿵쿵 쳤다.

"집중하라고 했지. 역시 딴생각하고 있었구나. 내가 방금 뭐라고 했지?"

"어, 차이요. 그러니까 개구리와……."

개구리, 그리고 뭐더라? 과외가 한숨을 푹 쉬더니 말했다.

"그냥 아까 하던 질문을 계속해라."

"쌤, 그러면요. 제가 판사나 검사나 의사가 된다면 어떨까요? 쌤은 좋아하는 여자 때문에 공부했다면서요."

"첫째, 문과에서 의대를 진학하는 건 어렵다. 교차 지원을 허용하는 의대는 매우 적다. 둘째, 그런 목적으로 판검사가 된다는 생각은 버려라. 찾으라는 진로는 못 찾고 엉뚱한 생각을 하는구나. 셋째, 난 실패했다. 넷째, 차라리 소설을 써라."

"세 번째에 대해 더 이야기해 주시면 안 돼요?"

"그다지 할 이야기도 없다. 좋은 대학을 가서 고백도 했지만 거절당했고, 미련을 버리지 못하고 한 번 더 고백을 했지만 역시 거절당했다. 지금은 좋은 친구로 지내고 있고, 나도 좋은 추억으로 생각한다. 너도 좋은 추억은 만들 수 있을 거다."

"에이, 그래도 전 되지 않을까요?"

"남들은 안 되도 나는 될 거다. 그래도 나 정도면 어디 가서 빠지는 얼굴은 아니다. 안 해서 그렇지 하면 잘한다. 나도 그렇다만 이런 생각들은 남자라는 종족 특성에서 기원하는 건지……. 참 대책이 없구나."

솔직히 과외보다는 내가 더 잘생겼다. 과외가 실패했다고 해서 나도 실패한다는 법은 없지 않은가.

방학을 앞두자 다들 난리가 났다. '세상의 마지막 방학'이라고 외치며 두 번 다시 놀 수 없다는 믿음을 전파하는 신흥종교가 생겨났다. 고3이 되면 방학 따위는 없다, 마지막 방학을 즐겨라. '카르페 디엠'이라는 복음을 전하는 신흥종교의 위세는 대단해서 상당수의 학생들이 개종을 했다.

"여름방학 뒤에 뭐가 있어? 겨울방학 되기도 전에 고3이 온다고! 오오 하늘에서 무서운 대왕이 내려온다! 이제 우리에게 방학은 없어. 여름방학을 뜨겁게 불태우자!"

"방학은 학기 중 부족했던 것을 보충하는 기회다. 전원 보충수업 동의서에 도장을 쾅, 눌러 오면 선생님은 기쁠 것 같다. 선생님의 작은 소망이라고 생각해 주렴. 아, 물론 강요는 아니야. 대신 안 찍어 오는 학생들에게는 선생님이 친히 축복을 내려

주마."

작은누나의 말을 빌리자면 신흥종교는 사이비일 확률이 높단다. 설령 사이비가 아니라도 사이비로 몰릴 확률이 높단다. 담임의 축복에 의해 신흥종교는 무참하게 탄압당했다. 바다를 꿈꾸는 아이들은 장렬히 옥쇄할 것인지, 순순히 개종할 것인지 결정해야 했다. 나도 바다란 말이 솔깃했다. 하지만 엄마는 내가 바다에 '바' 자도 꺼내기 전에 보충수업은 언제부터 하느냐고 물어왔다.

동의서는 형식일 뿐이다. 간혹 용기 있는 학생이 있었으나 담임이 부모님께 전화로 복음을 전파했다. 지친 학생들이 교실을 메웠다. 조선 시대 서당에서도 방학이 있었다던데. 두 명만 무슨 마법을 부렸는지 보충수업을 빠졌다. 빈자리가 부러우면서도 부러우면 지는 거라고 생각했다.

여름방학은 총체적인 위기였다. 체력이 벌써부터 떨어지고 있었고 집중력도 예전 같지 않았다. '늘어진다'는 단어를 온몸으로 체감했다. 다시 피시방이 생각날 때도 있었다. 전자기기 특유의 짜릿한 냄새, 마우스와 키보드의 향연, 하아.

위기를 기회로 바꾸어야 한다. 위기는 기회로 바뀌어야만 했다. 내가 배운 가르침과 읽은 책들과 세상은 그렇게 말했다. 하지만 나는 붙잡혀 있는 신세다. 도훈이는 위기를 기회로 바꾸겠다며 자퇴를 했다. 벌써 두 명째였다. 내신 때문에 고등학교 생활을 포기하다니. 부럽기도 하고 불쌍하기도 했다. 인사라도 할걸.

용감한 애들은 모든 탄압에도 불구하고 학교를 뛰쳐나갔지만 나를 포함한 대부분의 애들에게는 용기가 없었다. 오전에는 보충수업 오후에는 자율 학습이 계속 이어졌다. 매일 국·영·수 선생님과 하루 한두 시간씩 수업을 하다 보니 친근하기까지 했다. 그나마 품고 있는 희망은 이 짓도 4주면 끝난다는 사실이었다. 방학은 5주였다. 효주를 계속 볼 수 있으니 좋은 점도 있었다.

보충수업은 빡빡하지는 않았다. 우리가 불쌍해서인지 선생님들도 학기 중에 비해서 설렁설렁 넘어갔다. 자는 애들이 있어도 적당히 봐줬고 떠들거나 결석만 하지 않으면 괜찮았다. 반마다 달랐지만 대체로 결석에 대해서는 엄격했다. 에어컨이 없는 집에 있느니 차라리 시원하게 에어컨 바람 속에서 잘 수 있는 학교가 더 좋다고 하는 애들도 있었다.

2

"보충 끝나면 뭐 할 거야?"

효주가 내 자리로 왔다. 쿠션을 안고 잠을 자려는데 효주가 나에게 말을 걸었다. 효주가 생긋 웃었다. 나, 나를 향해.

초코파이 사건 이후로 효주가 나에게 말을 건 것은 처음이었다. 나는 초코파이 잘 먹었어, 라거나 다른 빵을 사 와서 보은을 해야 된다고 생각만 하고는 말도 못 걸었는데. 침에 전 더러운 쿠션을 숨길 사이도 없었다.

'정신 차려. 자연스럽게. 자연스럽게. 자연스럽게!'

나는 최대한 자연스럽게 대답했다. 상상 속에서나마 효주와 대화를 나누는 이미지 트레이닝을 충분히 했기 때문에 당황스럽기는 해도 대응할 수 있었다.

"그, 글쎄……."

"자려고 했구나? 미안."

효주는 다시 싱긋 웃더니 자기 자리로 돌아가려 몸을 틀었다. 경쾌하게 출렁이는 묶은 머리와 살짝 흔들리는 치마, 돌아가는 몸짓마저 우아하고 아름다웠다. 잠시 내 옆에 왔다 갔을 뿐인데 효주가 서 있던 곳에는 기분 좋은 냄새가 남아 있었다. 효주는 돌아갔지만 잔영은 그대로 허공에 남아 미소 짓고 있었다. 아, 왜 허다한 고전문학 작품에서 귀신과 사랑에 빠지는지 알 것 같았다. 귀신이 아닌 다음에야 저렇게 예쁜 사람이 있을 리 없다.

갑자기 심장이 쿵쾅거리고 혈압이 올라가고 세상이 노래지면서 귓속에 아름다운 음악이 울려 퍼지는 일은 일어나지 않았다. 심장이 조금 빨라지고 앞이 막막했을 뿐이다. 헛것이 보이긴 했다. 잠이 확 깼다. 늘 나의 따뜻한 잠자리가 되어 주었던 쿠션을 갈기갈기 찢어 버리고 싶었다. 침 냄새 나는 더러운 쿠션, 빨리 버려야지.

효주는 무슨 생각으로 나에게 말을 건 걸까? 보충수업 끝난 뒤의 일정을 왜 갑자기, 굳이 나에게 물었을까? 내가 뭐 하는지 궁금했던 걸까? 게임에서는, 영화에서는, 책에서는 이럴 때 어떻게 했더라? 제길, 모든 간접경험은 특별한 사례들이라 나 같은 보통 사람에게는 아무런 도움도 되지 않는다. 다른 모든 간접경험들에서는 여자가 이렇게 적극적으로 나오는 경우는 어떻게든 잘되던데. 불의의 기습을 받은 나는 우왕좌왕 왔다 갔다 머릿속에 생각만 분주하다가 결국 이도 저도 못 했다.

보충을 끝내도 할 게 없다. 피서를 가기에는 너무 늦다. 고통 분담처럼 피서를 포기하는 가정이 많았다. 우리 집도 큰누나의 강력한 항의에도 불구하고 피서를 포기했다. 나는 방학이라고 들떠 있는 고등학교 1학년이나 중학생을 보면 부러우면서도 혀를 끌끌 찼다. 니네들도 크면 다 똑같아.

방학이고 뭐고 간에 역시 할 건 그다지 없다. 보충이 끝난 뒤 일정을 물은 이유는, 효주도 갈 곳이 없고 심심하다는 뜻일 것이다. 어쩌면 나한테 뭔가 기대하고 있는지도 모른다. 기대를 배반한 자여, 그 벌을 받으리라. 생애 첫 데이트가 될 기회를 스스로 저버린 자를 하늘이 도울 리 없다. 하늘이시여, 충성할게요.

공부가 되지 않는다.

현관문이 덜컥거렸다. 사람마다 열쇠를 돌리는 소리가 조금씩 다르다. 큰누나가 집에 들어오자마자 나는 잽싸게 나가서 배꼽인사를 했다.

"잘 들어오셨어요?"

큰누나는 피식 웃으면서 작은누나 방으로, 아니 자기 방으로 들어갔다. 따라 들어가려다가 작은누나도 집에 있는 게 생각났다. 작은누나는 보나 마나 훼방만 놓을 게 뻔했다. 버릇 나빠진다면서 쓸데없는 참견이나 한다.

방으로 들어와 바깥 동정에 귀를 기울였다. 이십 분쯤 지나서 작은누나가 방에서 나오는 소리가 들렸다. 방향성 없는 큰누나의 발소리와 규칙적인 작은누나의 발소리는 유심히 들어 보면 분간할 수 있다.

"엄마, 나 좀 나갔다 올게."

"이 밤에?"

"친구가 잠깐 보자고 해서."

"친구는 무슨 친구? 남자니, 여자니?"

"그냥 친구라니까."

"그냥 친구라면서 왜 말을 안 해?"

"쫌. 내가 애야?"

작은누나와 엄마가 아웅다웅하는 소리가 들렸다. 만약 내가 이 밤에 친구 좀 만나고 오겠다고 하면 엄마는 또 피시방 간다고 잔소리를 하면 했지 여자 친구를 만나러 가냐고는 묻지도 않겠지. 좋아해야 하는 건지 슬퍼해야 하는 건지 모르겠다.

두꺼운 현관문이 열렸다가 닫혔다. 나는 조심스럽게 밖으로 나왔다. 내 방에서 부엌은 특별한 각도에서만 살짝 보이는데 엄마는 책을 보고 있었다. 웃으면서 러시아어 책을 보고 있는 엄마를 이해할 수 없다. 일부러 공부가 하고 싶나? 큰누나 방 문을 슬며시 밀고 들어갔다. 노크 따위는 생략했다.

또, 또 키티다. 키티가 반, 책이 반이다. 극단적인 양극화 현상이다. 왼쪽은 키티키티키티가 모든 걸 차지하고 있다. 쿠션 같은 건 물론이고 컵과 잠옷마저 키티가 그려져 있다. 오른쪽은 책책책이 벽을 뒤덮고 있다. 큰누나와 작은누나가 계속 같은 방에서 지내고 있다는 게 신기하다. 내가 모르는 협잡이 있을 것 같은데 아무도 말하지 않으니 알 수 없다. 둘이 진심으로 잘 지내는 건 아니겠지. 이상하게 키티만 보면 살짝 어지럽다.

"아름다운 큰누님."

"왜? 가엾은 동생아."

큰누나는 시꺼먼 팩을 얼굴에 바르고 침대에 누워 발가락을 꼼지락거렸다. 팩을 얼굴에 바르고도 자연스러운 자세로 누워서, 무겁고 커다란 잡지책을 볼 수 있는 것도 능력이다.

"돈 좀 빌려 주면 안 돼?"

"피시방 가게?"

"아니, 그게 아니라……."

"그게 아니면 뭔데? 니가 빌리긴 뭘! 만 원이면 충분하지?"

데이트고 뭐고 돈이 있어야 놀러 가자는 말을 꺼낼 수 있다. 밥 먹고 영화 보고 왜 비싼 돈을 내고 마시는지 이해할 수 없는 커피값까지 포함하면 상당한 돈이 필요했다. 텔레비전에서도 그렇게 했고 주변 친구들도 다 그렇게 했다. 돈이 없으면 데이트 신청도 할 수 없다. 문득 여자와 데이트를 하기 위해 돈 많이 버는 직업을 얻는 게 좋겠다는 생각이 들었다. 이왕 취미와 특기도 딱히 없고 재능이나 관심도 고만고만하다면 돈이나 많이 버는 직업을 찾아보는 것도 괜찮을 것 같다. 돈을 많이 벌면 효주 같은 여자 친구를 사귈 수 있을 테니까.

"저기, 화장대 위의 지갑 가져와."

용돈 후한 건 쿨한 큰누나가 최고다. 작은누나는 꼬치꼬치 캐묻기만 할 거고 인심 써 봐야 오천 원도 안 나올 게 뻔했다. 큰누나는 키티 지갑을 열고 손끝으로만 정확히 만 원짜리 하나를 꺼내 주었다. 천 원짜리도 있고 오천 원짜리도 있고 구경만 해 본 오만 원짜리도 있는데 딱 만 원짜리 하나만 꺼내다니.

"큰누님, 좀만 더 쓰시면 어떨까요?"

"공부 열심히 하라고 주는 거야. 공부 열심히 해서 누나처럼 큰 인물이 되어야지?"

"지당하신 말씀이십니다."

나는 헤헤거리며 큰누나에게 애교를 떨었다. 큰누나는 징그럽다고 말하면서도 기분이라고 만 원을 더 꺼내 주었다. 이래서 큰누나를 미워할 수가 없다.

이제 엄마나 아빠에게 좀 뜯어내야 할 텐데 좋은 수가 없을까? 아빠와의 만남은 한참 남았고 엄마는 작은누나 못지않게 용돈은 공략하기가 어렵다. 보충수업이 끝나 갈 때라 문제집 같은 것도 먹히지 않을 텐데.

엄마나 아빠 대신 다른 좋은 수가 생겼다.

—알바할래?

아무 일도 없었다는 것처럼 태연한 문자였다. 잠시 고민하다가 짐짓 모른 척 답장을 보냈다.

—무슨 알바?

—인터뷰 알바.

—인터뷰????

—나랑 같이 인터뷰하는 건데 한 시간 정도만 시간 내면 되고 이만 원인데 할래?

—땡큐지.

영현이와 화해도 하고 돈도 벌 수 있는 기회다. 인터뷰라는 말이 주는 어감도 좋았다. 평생 인터뷰 한 번 하지 못하고 죽는 사람도 있겠지.

영현이네 팀 숙소는 그다지 멀지 않았다. 영현이가 숙소 앞에 나와 있었다. 모처럼 만난 영현이는 얼굴 살이 죄다 빠져 있었다. 초등학교 때부터 알아 온 내 친구가 맞나 싶었다. 동글동글했던 영현이가 뾰족한 얼굴이 되어 있었다.

"살 빠졌네?"

"힘든 것도 있고, 팀에서 빼라고 하기도 하고."

"팀에서?"

"마른 게 화면발을 잘 받거든. 성적만 반영되는 줄 알아? 팬클럽이나 인기도 연봉에 반영되는 거야. 야, 좀 낫지 않냐?"

뾰족한 턱을 쓰다듬으며 영현이가 히죽 웃었다. 살이 빠져서 그런지 예전에 없던 날카로움과 성숙미가 느껴졌다. 못 본 사이에 영현이가 부쩍 자란 느낌이다. 장난기는 여전했지만 더 진중해지고 의젓해 보였다. 가뜩이나 큰 키도 더 큰 것 같았다. 키 때문에 은근히 스트레스를 받는 중이라 내심 부러웠다. 나는 작은 키는 아닌데 어디 가서 크다고 할 수는 없다. 오 센티만 더 컸으면 좋겠다.

프로 게임단 숙소는 큰 2층짜리 주택이었다. 널찍한 마당을 지나 주택 안으로 들어가니 익숙한 얼굴의 아저씨가 텔레비전으로 경기를 보고 있었다. 내가 중학교 때 최고의 프로게이머였던 D다. 영현이네 팀에 코치로 있다는 건 알고 있었지만 눈앞에서 보게 될 줄은 몰랐다.

"인사해. 코치님이셔."

"아, 아, 안녕하세요."

"반가워요. 인터뷰하러 오신 분 맞죠? 인터뷰 잘 부탁드려요."

D, 아니 프로게이머, 아니 코치는 짧게 악수한 뒤 다시 화면으로 눈을 돌렸다. 화면을 매섭게 노려보는 모습에서 그의 프로게이머 현역 시절을 떠올릴 수 있었다. 은퇴를 할망정 재미없는 게임은 하지 않겠다고 말했던 D는 코치가 되어 있었다. 청년이었던 D는 이제 아저씨였다.

"1층에는 1군 숙소가 있고 2층엔 2군 숙소랑 연습실이 있어."

"층 말고 다른 차이는 없어?"

"1군은 방을 혼자 또는 둘이서 쓰고, 2군은 여섯 명 이상 같이 써. 이리 와, 인터뷰는 보통 여기서 해."

방에 들어가니 영현이네 팀이 이때까지 받은 트로피, 상장 같은 것들이 죽 놓여 있고 거대한 마스코트도 있었다. 그때 영현이의 휴대전화가 울렸다. 아, 네, 알겠습니다. 아닙니다. 조심해서 오십시오. 영현이가 전화를 끊고 말했다.

"기자님이 좀 늦는다는데, 내 방 구경할래?"

"어, 근데 D 말이야."

"실물이 훨 낫지?"

"어, D를 이렇게 눈앞에서 보고 악수까지 할 줄은 몰랐어."

"프로게이머가 끝은 아니잖아. 은퇴한 후에 코치나 감독을 할 수도 있고, 다른 게임으로 전향할 수도 있고, 게임 개발 업체에 테스터로 활동하기도 하고……. 한 게임에서 어느 정도 경지에 오르면 다른 게임도 잘할 수 있거든. 취미가 아니라, 일로서 말이야. 코치님이 잘 풀린 경우인 것도 맞지만."

영현이 방은 내 방만 했다. 크지는 않았지만 아늑해 보였다. 컴퓨터 한 대, 침대 하나, 작은 책상이 하나. 남자들끼리 있는 숙소인데 생각보다 깨끗하고 아기자기했다.

"독방이야?"

영현이가 머리를 긁적이며 말했다.

"사실 어제까지 둘이 쓰는 방이었는데, 이번에 특집도 길게 나가고 해서 독방으로 승격됐어. 야, 이거나 읽어 둬."

인터뷰는 어렵지 않았다. 그냥 네, 네 하고 대답하거나 영현이가 미리 준 프린트를 대충 기억해서 말하면 되었다. 한 시간 하기로 했는데 기자가 늦게 온 탓도 있고 해서 예정보다 더 걸렸다. 다 끝나고 나오니 세 시간 정도 지나 있었다. 기자는 한참 묻고 사진을 잔뜩 찍었다. 어색하게 영현이와 어깨동무를 한 사진을 잘 나올 때까지 수십 장이나 찍었다.

영현이는 굳이 지하철까지 데려다 주겠다며 나섰다.

"연습에 방해되는 거 아냐?"

"괜찮아. 참, 이거."

영현이가 흰 봉투를 내밀었다. 봉투 속에 담긴 돈을 받는 건 처음이다. 잽싸게 열어 보니 삼만 원이 들어 있었다.

"만 원 더 많네?"

"어, 그게, 그러니까, 시간이 생각보다 길어졌다고 팀에서 더 준 것 같아. 야, 그리고 받자마자 열어 보는 게 어딨냐. 다음부터는 집에 가서 열어 봐."

알 것 같다.

"근데 말이야, 너 키 컸어?"

"그대론데?"

무슨 소리냐는 듯 영현이가 고개를 갸웃거렸다. 영현이와 헤어져 돌아오는 지하철에서 깜빡 잠이 들었다. 별로 한 것도 없는데 피곤했다. 예전에 알던 영현이가 아닌 것 같고, 텔레비전에서 보던 D가 아닌 것 같았다.

꿈에서 나는 10연승을 거두었다. 육 개월째 한 번도 하지 않았던 게임을 거침없이 이겼다. 꿈 속 내 상대는 열 번 모두 D였다.

소설의 주제를 한 문장으로 정리하면 엇비슷하다. 인터넷에서도 소설이나 영화의 주제를 간략하게 정리해 달라는 글이 넘쳐난다. 주제를 간략하게 전달해 줄수록 유능한 선생님이다. 과외는 주제를 간단 명료하게 잘 정리해 주면서도 그렇게 요약하는 것을 싫어했다. 처음에는 과외의 성격에 적응하지 못했다.

"세상이 그렇게 단순하지 않잖아요."

과외가 웃었다. 반년이 지나는 동안 과외가 어떤 말을 좋아하는지 눈치챘다. 오늘은 공부도 하기 싫고 딴 이야기가 하고 싶었다. 어디서나 아스피린처럼 먹히는 말들이 있다. 적당히 시니컬한 척, 고개를 갸우뚱거리며 말하면 된다.

내 상황도 누군가가 단순하게 정리해 주면 좋겠다. 내 나름대로 열심히 노력했지만 여전히 잘 모르겠다. 오늘은 이거였다가, 내일은 저거다. 누군가의 말대로 지금 진로를 찾는다는 것 자체가 허구인지도 모른다.

"그래, 네 말대로 기껏 복잡한 세상을 담아내려고 소설을 썼는데 그걸 한 문장으로 정리하면 남는 게 별로 없다. 소설에서 말하는 성장도 마찬가지다. 모두가 다 자라는 건 아니다."

모두 다 자라는 것이 아니라는 과외의 말이 섬뜩했다. 나는 자라고 있을까? 그냥 시간만 보낸다면 자라지 않는 것이다. 과외의 말을 부정할 말이 떠오르지 않았다.

"그럼 이런 소설들이 나쁜 거예요?"

"이런 소설들이 나쁜 건 아니다. 문제는 성장소설이라는 이름하에 주제를 획일화하고 무작정 받아들이라고 떠넘긴다는 데 있다. 시도 마찬가지고 소설에서 중요한 것은 읽는 과정이지 결과가 아니다. 흔히 결과보다 과정이 중요하다고 하지 않느냐. 그런데 문제집에서는 결과를 요약해서 가르치고 너희들도 그렇게 받아들인다. 스스로 주제를 생각하는 건 어려운 일이고 그냥 받아먹는 게 편하니까."

과외는 작은누나와는 다른 의미로 성장소설이 나쁘다고 했다. 내가 믿고 좋아하는 두 사람 모두 성장소설에 대해 부정적이다. 과외와 이런 이야기를 하는 건 재미있다. 작은누나나 과외 말대로 몇 년 더 산 사람들의 이야기는 친구들과 나누는 이야기와는 다른 재미가 있다.

사점을 넘기고 나면 오래 뛸 수 있듯 임계점을 넘자 안정적인 호흡으로 공부할 수 있었다. 지치지만 매일 꾸준히 했다.

아, 요즘은 효주 생각이 부쩍 난다. 공부와 달리 효주 생각은 한번 나기 시작하면 한계가 없다. 며칠씩 아무 감정도 안 들다가 갑자기 몇 시간 동안 효주가 보고 싶기도 하다. 효주를 보았을 때 나는 꽃이 되었다. 꽃이 된 나는 나비를, 벌을 기다리고 있다. 효주가 오지 않는다면 나는 그대로 시들어 사그라질 것이다.

문제집 풀이보다 이야기를 더 하고 싶었다. 학교 선생님들은 가끔 이런 이야기를 해 주다가도 삼천포로 빠진다며 중요한 대목에 이르면 뚝 끊었다.

"하아. 저희는 뭘 해야 하는지 모르는 세대 같아요."

과외가 또 웃었다. 무표정한 과외가 웃는 건 흔치 않다. 오늘따라 과외는 계속 웃었다. 하긴 주변 어른들이 웃는 모습을 보는 일 자체가 드물다. 큰누나를 빼면 대부분 잘 웃지 않거나 가식적인 웃음을 지었다. 따라 웃으려다가 어색해서 관뒀다. 억지로 웃고 싶지 않았다.

"너희만 그렇겠느냐? 우리도 그랬고, 우리 선배들도 그랬고, 오래전부터 그랬을 거다. 공부만 열심히 하라는 어른들의 말이 반복되는 것은 그게 가장 진실에 가까운 것이라서 그럴 수도 있고, 그것 외의 대안이 쉽지 않아서일 수도 있지."

"저처럼 동아리 한번 안 하고 그냥 이렇게 고등학교 생활을 하는 애들도 많겠죠? 음악이나 사진이나 동아리 활동에 올인하는 애들도 많잖아요. 공부만 하는 제가 시시한 것 같아요."

"젊음은 분명 특권이지만 무작정 젊은 사람은 이래야 한다고 강요하는 것도 좋은 것은 아니다. 너는 열심히 온갖 힘을 다해 공부하고 있지 않느냐? 몇 달 동안 죽을 만큼 공부에 집중하는 것도 드문 경험이다. 대부분 보름은 고사하고 일주일도 못 넘기고 포기한다. 공부에 미쳐 보는 것도 네 모든 걸 걸어 보는 일이다. 그것이 흔해 빠진 공부라고 해서 의미가 없는 게 아니다. 흔해 빠진 일이지만 막상 그것에 집중하는 사람은 많지 않다. 평범한 공부 중에서 네 자신을 발견할 수 있는 거니까. 꼭 자아 발견이 독특하고 특이한 것일 이유도 없다."

"음, 대학이요, 전 사회가 재미있는데, 사회학과를 갈까요?"

"사회학과가 뭐 하는 곳인지는 아느냐?"

어?

"솔직히 너희들에게 진로를 정하라는 말은 폭력적이기도 하다. 사회는 경험해 보지도 못했고, 공부 외에는 해 본 것도 별로 없는데 진로를 정하라고 하면, 너희는 배우는 과목들 중에서 그나마 재미있거나 잘하는 걸 떠올리기 마련이지. 아, 여기서 말하는 사회가 그 사회는 아니다."

"그 정돈 알아요."

재미있는 과목은 사회. 어렵지만 국사는 재미있고, 경제나 지리 같은 과목들도 들으면 재미있다. 흥미는 있지만 잘하지 못하는 과목은 과학. 싫어하는 과목은 수학. 언제나 공부해야 하는 과목은 영어. 국사는 항상 노력한 만큼 나왔다. 이해는 한 것 같아도 문제가 풀리지 않는 수학보다 국사가 훨씬 좋다. 음, 사회학과가 아니라 사학과를 가면 되는 건가?

"시간이 될 때, 학교에 한번 놀러 오려무나. 대학교가 어떤 곳인지 구경도 하고. 원한다면 네가 관심 있는 학과에 다니는 사람들을 만나게 해 줄 수도 있다. 선생님은 발이 꽤 넓은 편이다."

안 그럴 것 같은데. 그래도 대학교에 한번 가 보는 것은 괜찮겠다. 작은누나가 입학할 때 가 본 적이 있지만 너무 오래전이고 어렸을 때라 기억나는 것도 없다.

"쌤하고 이런 이야기 하는 거 재미있는 것 같아요."

"소크라테스도 대화법을 사용했다고 한다. 대화야말로 서로의 지성을 자극하기에 가장 좋은 수단이 아니겠느냐? 기실 책을 읽는다는 것도 작가와 독자가 서로 대화를 나누는 과정이지. 적극적으로 작가와 이야기를 나눈다고 생각하며 독서를 할 때, 보이지 않던 것이 보인다. 그런 걸 행간을 읽는다고도 하지."

과외는 다 좋은데 이런 게 병이다. 하나를 물으면 열을 이야기하려고 한다. 내가 영특한 제자라면 하나를 가르치면 알아서 열을 알겠지만, 그게 아니라서 몽땅 이야기해 주려는 건가. 과외의 말을 듣다 보면 모든 게 이해가 가고 납득이 되면서도 한편으로는 대체 무슨 말을 하는가 싶다. 이랬다가 저랬다가 혼란스러움의 연속이다.

그래도 기분은 좋았다. 요즘 뭐든 잘 풀리는 것 같다. 성적도 오르고 영현이와 화해도 하고, 무엇보다 효주가 나에게 관심을 보인다는 사실이 가장 신 났다. 커서 뭐가 될지, 끝없이 고민하는 것도 내심 뿌듯했다. 정말이지 예전에는 아무 생각 없이 산 것 같다.

영현이 덕분에 순조롭게 데이트 자금을 모았다. 엄마 아빠에게 손을 벌리거나 속이지 않고 충분한 돈을 모은 건 처음이다. 처음으로 내 손으로 돈을 벌었다. 이 돈은 꼭 의미 있게 쓰고 싶다. 의미 있게, 효주랑 데이트를 하는 데 쓰자.

보충수업이 끝나기 전에 효주에게 말을 걸 기회를 노렸다. 나도 초코파이를 하나 슬쩍 내밀까? 뭐라고 말하면 좋을까? 저기, 영화 보러 갈래? 영화 표가 생겼거든. 너무 진부하다. 하늘에서 뚝 떨어지는 것도 아니고 영화 표가 갑자기 왜 생길까. 너무 속 보였다. 아무렇지도 않은 척 나랑 놀러 가자고 말해 볼까? 큰누나라면 따라와, 하면서 팔짱을 끼고 끌고 나갈 텐데. 그럴 용기가 있었으면 이때까지 효주한테 말 한번 제대로 못 붙여 봤을 리가 없다. 데이트 신청을 하면서 떨거나 쭈뼛거리는 남자는 최악일 텐데. 에이, 까짓것 어차피 다 속 보이는 거 아닌가? 그냥 밀어붙여 볼까?

하루하루 시간은 잘 갔다. 보충수업이 짧게 느껴지는 신기한 경험 속에서 나는 시간만 죽이고 있었다. 좀처럼 기회가 생기지 않았다. 용기를 내고 머릿속이 정리되었다 싶으면 효주 옆에는 다른 친구들이 있었다. 효주가 혼자 있을 때는 심장이 쿵쾅거려서 도저히 말을 꺼낼 수가 없었다. 다른 애들은 잘도 하는 데이트 신청인데 나는 왜 이렇게 안 되는지 모르겠다. 신이시여, 사춘기를 만드셨다면, 여자를 좋아하게 남자를 만드셨다면, 용기도 함께 주셨어야 되는 것 아닙니까. 이놈아, 데이트 자금도 만들어 줬는데 더 이상 뭘 바라는 거냐!

"백성들아. 내일이면 보충수업도 마지막이다. 좋지?"

담임의 말에 다들 우우 하고 야유를 했다. 보충수업이 끝나면 일주일도 채 못 쉬고 개학이다. 딱 오 일 쉰다.

"신기하게도 입추가 지나면 더위가 한풀 꺾이는구나. 때로는 조상님들이 만든 음력의 조화로움도 생각해 보고 살아라. 음력이란 게 말이지……."

담임의 말은 귀에 들어오지도 않았다. 기회는 이틀밖에 없다. 오늘도 보아하니 글러 먹은 것 같고 내일 언제 기회를 잡지? 효주의 긴 머리카락이 에어컨 바람에 나풀거린다. 효주에게는 에어컨 광고가 어울린다. 요즘 같은 무더위에 마음까지 시원한 바람을 몰고 오는 바람의 여신……. 사람 머리카락 흔들리는 것이 아름답다고 생각한 것은 처음이었다. 효주의 모든 것은 처음이고, 아름답다. 보충수업이 시작될 때만 하더라도 혹세무민하는 사이비 종교에 눈과 귀를 잠시 홀렸는데 이제 보충수업이 끝나는 게 아쉽다. 일주일도 안 되어서 개학을 하겠지만…… 효주를 일주일이나 못 본다는 건 컴퓨터를 열흘 못 하는 것보다 고통스러운 일이다.

"아야!"

내가 지른 소리에 내가 놀랐다. 분필이 스쳐 지나간 옆통수가 따끔했다.

"저 백성 봐라, 봐. 선생님이 지 이야기 하는데 듣지도 않고 말이야, 여자나 쳐다보고. 효주가 그렇게 좋아? 초코파이는 잘 먹었냐니까? 선생님의 사랑이 듬뿍 담긴 초코파이를 하사받은 백성아?"

나도 모르게 주르륵, 눈물이 흘렀다.

"사내자식이 분필 하나 맞았다고 울어? 어어, 참……. 어이."

당황한 담임이 뭐라고 떠들기 시작했지만 귀에 들어오지 않았다. 웅성웅성 애들이 수군거렸다. 효주의 표정은 눈물 때문에 보이지도 않았다. 나도 내가 흘린 눈물 때문에 당황했다. 손등으로 눈물을 훔치는데도 계속 눈물이 주르르 흘렀다.

나도 모르게 흘린 눈물과 함께 용기도 사라졌다. 안데르센의 이야기는 올올이 금이 가 산산이 깨졌다. 나는 집에 오자마자 간직해 온 초코파이를 쓰레기통에 던졌다.

3

그날 이후 세상의 색깔이 달라졌다. 더위가 물러가는 만큼 내 마음도 쌀쌀해졌다. 어느 책에서 읽은 것처럼 마법의 가을일까. 시들어 버린 마음에 줄 눈물도 없었고 나는 무력하게 창밖을 내다보는 일이 잦아졌다…….

이렇게 말하고 싶지만 그런 일은 없었다. 초코파이를 쓰레기통에 던진 날, 잠들기 전에 잠깐 눈물이 나긴 했지만 푹 자고 잘 일어났다. 화장실도, 여드름도, 식욕도 모두 멀쩡했다. 여느 때보다 아침밥이 더 맛있었다. 잠들기 전에는 다시 깨고 싶지 않다는 생각도 언뜻 들었는데 아침이 되자 나 자신이 민망했다. 실연 때문에 세상이 망하는 것도 아니고 실연 덕분에 다른 사람이 되는 것도 아니었다.

보충수업이 끝난 날 혼자 영화를 보러 갔다. 지겹게 울던 매미들이 나무에서 떨어져 있었다. 문득 잔잔한 노래가 담긴 시디가, 연애소설이 갖고 싶었다. 데이트를 위해 모아 둔 자금으로 시디와 책을 샀다. 연애소설 코너 주변의 여자들을 보자 효주 생각이 잠깐 났다. 연애소설 읽는 소년. 서점에서 한참을 이 책 저 책 고르다가 마음에 드는 책을 골랐다. 만화책과 문제집을 제외하면 스스로 책을 고른 건 초등학생 이후로 처음이었다. 시디와 책을 들고 영화관에 갔다.

효주와 보려고 했던 영화였다. 철 지난 공포 영화라서 상영하는 곳이 많지 않았다. "몇 분이세요?" 하고 묻는 매표소 직원에게 나도 모르게 무심코 "혼자요."라고 대답했다. 혼자라는 대답에 매표소 직원이 웃으며 "제일 뒷자리로 안내해 드릴까요?" 하고 말했다. 한 명이라고 해도 됐는데.

철이 지났다는 건 시효가 다해 간다는 뜻일까. 여름에 꽤 인기 있었던 공포 영화였는데 그냥 시시했다.

혼자 뒷자리에서 영화를 봤다. 사람들도 많지 않았다. 감독도 배우들도 스태프들도 열심히 만들었겠지, 여름에 어울리는 소모성 공포 영화라도 그게 무의미한 건 아니겠지, 나에게는 의미를 잃어버렸지만 어떤 사람들에게는 여전히 의미가 있겠지…….

공포 영화를 보면서 놀라기는커녕 다른 생각만 한참 했다.

영화를 보고 나와서는 식당에 들어갔다. 영화를 혼자 보는 것과는 또 다른 용기가 필요했다. 햄버거를 먹을까 분식을 먹을까 망설이다가 어느 지역명을 상호로 하는 평범한 식당에 들어갔다. 된장찌개를 식당에서 처음 주문했다. 된장찌개가 먹고 싶었던 것은 아니지만 그냥, 돈가스 같은 건 먹고 싶지 않았다.

엄마가 해 준 것보다 더 맛있는 된장찌개였다. 밥 한 숟가락 먹고, 찌개 한 숟가락 떠먹고, 밥 한 숟가락 먹고, 애호박나물을 집어 먹고, 밥 한 숟가락 먹고, 찌개에 든 두부를 잘라 먹고, 밍밍한 물을 한 모금 마시고, 다시 밥을 먹고……. 나는 여러 번 숟가락질을 반복해서 밥 한 공기를 다 비웠다.

딱, 혼자 영화를 보고 밥을 먹은 그날을 빼면, 남은 방학 동안 방 안에만 있었다. 밥 먹을 때와 화장실 갈 때를 제외하면 방 안에서 나오지도 않았다. 밀린 잠이 몰려오는지 매일같이 너무 많이 자서 허리가 아팠다. 가끔 가죽 공책을 펼쳤다. 한없이 쓰다 보면 시간 가는 줄 몰랐고 기분도 나아졌다. 아무거나 닥치는 대로 썼다. 다음 날 읽어 보면 내가 쓴 글인데 무슨 소리인지 이해할 수 없었다. 공부보다 이게 더 좋았다. 잘 씻지도 않았다. 큰누나가 방에 들어왔다가 코를 싸매고 다시 나갔다. 작은 변화는 금방 끝났다.

—왜 해지한 거야?

"왜 갑자기 휴대전화를 해지한 거지?"

—그냥.

"그냥, 공부에 방해가 되는 것 같아서요."

—그냥이 뭐야.

"딱히 방해가 되는 것 같지는 않던데. 무슨 일이라도 있는 게 아니냐?"

—그냥, 그렇게 됐어.

"일은요, 무슨."

—무슨 일 있는 건 아니지?

"어쨌든, 과외 시간이 바뀌면 연락하기 힘들게 됐구나."

—아니라니까. 개인 리그 준비는 잘 되어 가?

"작은누나한테 연락하세요. 제가 시간 바꿀 일은 거의 없을 거예요."

—첫 개인 리그라 또 긴장되네. 이제 무대에 서는 게 익숙하다고 생각했는데 긴장 타는 건 어쩔 수 없나 봐.

"왜 그러는 건지는 모르겠다만, 그래. 알겠다. 수업 시작하자."

—한 번에 우승까지 해 버려. 개인전도 잘할 수 있을 거야. 파이팅!

"그러다 병나지 병나. 좀 쉬엄쉬엄하렴. 으음, 러시아어로는 이걸 뭐라고 해야 하지?"

"으으 그놈의 러시아어. 입맛 없어. 이따 알아서 챙겨 먹을게."

"아빠? 미안. 피곤해서 오늘 못 나가겠어. 다음에 나갈게. 아니, 공부하느라. 꼭 그런 건 아니고 좀 피곤해서. 응, 응, 다음에 맛있는 거 사 줘. 이렇게 집으로 연락하면 되지. 뭐가 불편하다고 그래. 됐어. 아니면 누나들 있잖아. 누나들 편에 전해. 아니, 요즘은 둘 다 집에 잘 들어와."

짧은 방학이 끝났다. 아직까지 낮에는 더웠지만 아침저녁으로는 쌀쌀했다. 교복은 여전히 하복을 입었다. 친구들과 떠드는 게 귀찮게 느껴졌다. 말수가 줄었다는 말을 들었다.

공기 속에 가을이 묻어나는 것 같다. 계절이 바뀌면 공기의 냄새가 달라진다. 표현하기는 힘들지만 봄에는 봄 냄새, 여름에는 여름 냄새, 가을에는 가을 냄새가 난다. 언제나처럼 가을 냄새를 깨달았을 때, 나는 가을 속에 발을 딛고 있었다.

это тоже пройдёт…….

이것 또한 지나갈 거야…….

люблю тебя

너를 사랑한단다.

처음에 두 문장으로 시작한 작은 카드는 이제 엽서가 되었다. 이제 편지가 될 날도 머지않은 것 같다. 러시아어에 대해서는 아는 게 없지만 엄마의 러시아어 필체가 그럴듯했다. 제2외국어로 일본어를 배우면서 나는 흥미를 그다지 느껴 보지 못해서 엄마가 부러웠다. 평범한 가정주부인 줄 알았던 엄마가 낯설다.

2학기가 시작되자 친구들의 얼굴이 조금씩 굳어졌다. 고3 선배들은 학교에 가장 오래 머물지만 조용하기만 했다. 그들은 체육 시간이 되어도 더 이상 운동장에 나오지 않았다. 경직된 분위기는 전염병처럼 우리들 사이로 번져 나갔다. 굳어지는 얼굴, 흐려지는 얼굴, 검어지는 얼굴들이 조금씩조금씩 늘어났다. 내가 공부를 시작했을 때 얼굴이 저랬을까.

보충수업과, 짧은 진짜 방학과, 개학 사이에 무슨 사건이라도 생긴 것처럼 다들 열심히 공부했다. 가을이지만 여름 같은데, 가을의 발끝이 조금 보이기는 하지만 낮에는 여전히 더운데. 굳어진 얼굴들 사이에서 나도 책을 펴 들었다.

중간고사 대비를 소홀히 한 건 아닌데도 생각보다 성적이 잘 나오지 않았다. 6등이었다. 담임은 또 한 번 성적표를 나눠 주면서 나에게 칭찬을 하고 반 아이들에게 억지로 박수를 치게 했다. 담임의 칭찬이 처음에는 기분 좋았는데 갈수록 나를 누르고 있다. 열심히 한 것치고는 마음에 드는 성적이 아니라서 웃고 싶지도 않았다. 나를 두고 열심히 해 봐야 5등 안에도 못 든다고, 머리가 나쁜 게 아니냐고 비웃는 애들이 있을지도 몰랐다. 그렇다고 6등을 두고 기뻐하지 않거나 이게 뭐냐고 하면 다들 겉으로나 속으로나 욕하겠지. 내가 받은 내신 성적 중에서 가장 좋은 성적이니까.

"옜다, 상이다."

성적표를 나누어 주던 담임이 나한테는 상장 하나를 더 줬다. 뜬금없는 상이라 나도, 반 애들도 모두 이게 뭐지 하는 표정이었다.

"방학 숙제 독후 감상문, 은상이다. 니 독후 감상문은 왜 이렇게 비관적이냐? 책들이 그렇게 마음에 안 들어? 성장이란 없다고? 좀 긍정적으로 썼으면 금상이었을 텐데 말이야. 국어 선생님이 이것도 마음에 안 든다, 저것도 마음에 안 든다고 쓴 독후 감상문은 처음 봤다더라. 그래도 잘 쓰긴 잘 썼나 보더라? 상도 받고. 자, 백성들아, 다들 박수. 그래도 뭐든 의욕적으로 하는 것 같아 보기 좋다."

여름방학 때도 지난 겨울방학과 같은 숙제가 나왔다. 어차피 같은 숙제라 지난 겨울방학 때 쓴 독후 감상문을 똑같이 프린트해서 냈는데 역시 담임은 몰랐나 보다. 내지 않은 애들이 대부분이라 내가 딱히 잘해서 받았다는 생각은 들지 않았지만 뭐라도 받으니 기분이 좋았다. 고등학교 와서는 처음 받은 상장이다. 민들레꽃 모양의 은박 마크가 빛났다.

성장은 없다. 있으면 안 되는지도 모른다. 변화가 있을 뿐이다. 우리는 다만 변화하는 것이지 자라는 게 아니다. 성장이라는 말

자체가 폭력적으로 느껴진다. 독후 감상문에는 대충 이런 말을 썼다. 다시 생각해 보니 얼굴이 달아오른다.

종례가 끝나고 보충수업 시간에 화장실을 다녀오니 책상 위에 쪽지가 있었다. 축하한다고, 꼭 한번 읽어 보고 싶다고, 열심히 하는 모습이 참 보기 좋다는 내용의 쪽지였다. 작고 부드러운 글씨체, 익명의 쪽지. 심장이 쿵쾅거렸다. 슬쩍 주변 친구들한테 누가 왔다 갔느냐고 물어봐도 다들 모른다고, 무슨 소리냐는 반응이었다. 제보자나 목격자도 없고, 효주를 훔쳐봐도 아무 물증도 찾을 수 없었다. 나는 상장과 쪽지를 코발트빛 가죽 공책 안에 살며시 밀어 넣었다.

성적표와 상장을 받은 다음 날 큰누나가 결혼을 했다. 이혼한 지 일 년 만에 재혼을 하자 다들 큰누나를 놀렸다. 큰누나는 놀리는 사람들 앞에서 두 번의 결혼기념일은 물론이고 이혼기념일까지 챙길 거라고 웃었다.

엄마는 좋아하지도 싫어하지도 못했다. 재혼 상대는 전 매형이었다. 엄마는 큰누나가 혼자 사는 건 싫고 재혼을 하는 건 찬성인데, 그래서 다시 매형과 만나는 게 나쁘지 않은데, 이럴 거면 이혼은 왜 했냐고 잔소리를 했다. 하지만 큰누나는 재혼을 앞두고 있었고 엄마의 잔소리에는 의미가 없었다. 큰누나의 뒤를 따라다니던 잔소리는 대상을 바꾸어 작은누나에게 달라붙었다.

"아, 좀!"

작은누나는 바쁘다는 핑계로 식당에 오지 않으려다 엄마 손에 질질 끌려왔다.

"됐어. 사람들한테 또 축의금 내라고 하기엔 미안하잖아."

결혼식 대신 작은 식당에서 간단히 밥을 먹기로 했다. 의외로 큰누나는 결혼식을 하지 않겠다고 잘라 말했다. 엄마는 그런 큰누나를 보며 이제 철이 조금 든 것 같다고 흐뭇해했다. 첫 번째 결혼식 때 큰누나가 좋아하던 광경이 떠오른다. 그때 큰누나가 눈물 한 방울 없이 웃기만 했다고 아빠는 두고두고 섭섭해했었다.

"큰누나, 그럼 신혼여행은?"

"가야지. 당연한 거 아냐?"

큰누나 마음은 알다가도 모르겠다. 방금 전까지 흐뭇하게 웃던 엄마도 나와 같은 표정이 되었다.

사돈어른들이 있어서 그런지 엄마 아빠는 싸우지 않았다. 별거 후 이렇게 모이는 것은 두 번째인데 그게 큰누나의 두 번째 결혼식이라니. 큰누나의 첫 번째 결혼, 엄마 아빠의 별거, 큰누나의 이혼, 그리고 다시 두 번째 결혼.

연기가 서툰 배우들이 나오는 텔레비전 드라마를 보는 것 같았지만 촬영은 무사히 끝났다. 엄마 아빠의 연기에 후한 점수를 주기는 어렵고 매형과 큰누나에게는 그럭저럭 합격점을 줘야겠다. 예전이나 지금이나 매형이 그다지 마음에 들지는 않지만 저번에 데리고 온 이상한 놈팡이보다는 매형이 그나마 낫다. 큰누나가 데리고 오는 남자는 하나같이 이상하다. 매형도 처음 봤을 때부터 마음에 안 들었다. 앞으로도 주욱 그럴 것 같고.

"매형, 매형은 키티 좋아해요?"

"처남도 설마 키티 좋아해?"

매형이 흠칫 놀란다.

"아뇨. 큰누나가 키티를 왜 좋아하는지 가르쳐 드리려구요."

"휴, 왜 좋아하는데?"

수행평가 때문에 인터넷에서 헤매다가 재미있는 걸 봤다. 키티의 특성에 대한 설명 글이었다.

키티와 같은 귀여운 캐릭터들의 특성을 열거하면 다음과 같다. "작고 부드러운 어린아이의 모습일 것, 포유류에 속할 것, 둥근 얼굴에 팔이 없거나 입 같은 구멍이 없을 것, 성별 구분이 모호할 것, 말을 하지 못하고 어딘가 불안하고 무력하거나 당황해하는, 다소 불쌍한 표정일 것."*

* 켄 벨슨·브라이언 브렘너 공저, 『Hello Kitty 감성 마케팅 전략』, 윤희기 옮김, 문이당, 2006, p.23에서 재인용.

키티는 작다. 키티는 고양이니까 포유류다. 둥글고 입이 없다. 성별? 여성형이긴 한데 단정할 수 없다. 무표정한 키티는 불쌍해 보이기도 한다.

예쁘고 귀여운 거면 사족을 못 쓰는 큰누나 성격이랑 키티는 잘 어울린다. 설명을 듣자 매형이 낄낄거렸다.

"재미있는 해설이죠? 그러니까 매형, 제가 드리고 싶은 말은요."

"응?"

"다소 불쌍하게, 입 없이 사세요."

예의 없다는 말을 듣겠지. 큰누나가 알면 화를 내겠지. 그래도 나에게 이 정도 말을 할 권리는 있다. 이제 매형과 나는 다시 한가족이니까. 매형은 진지한 얼굴로 고개를 끄덕였다. 이런.

4

공부가 안 될 때면 혼자 영화를 봤다. 대충 열흘에 한 번 정도였다. 생물 시간에 역치라는 걸 배웠다. 반복되면 모든 것은 익숙해지고, 더 큰 자극을 주기 전에는 자극을 느끼지 못한다. 역치는 올라가고, 감각이 순응된다. 화려한 불빛의 거리도 익숙해지면 자기가 사는 동네같이 보여지듯이. 처음에는 혼자 영화를 보는 게 어색했지만 이제 혼자 멜로 영화를 보고 눈물도 흘릴

정도로 익숙해졌다.

토요일 아침 일찍 영화를 보고 버스를 탔다. 공부건 뭐건 혼자 하는 일에 능숙해지고 있다.

대학교는 넓었다. 더위가 완전히 스러졌다. 단풍이 절반쯤 들어서 캠퍼스는 붉기도 하고 푸르기도 했다. 가을 냄새는 고등학교보다 대학교에서 더 진하게 났다. 단풍을 한 장 주웠다.

마냥 행복해 보이는 사람들과 마냥 지쳐 보이는 사람들이 교대로 지나다녔다. 행복해 보이는 사람들을 단풍이라 불러야 할까, 지쳐 보이는 사람들을 단풍이라 불러야 할까. 우산과 생수병을 꽂은 가방을 메고 다니는 사람들과 작고 귀여운 손가방을 들고 다니는 사람들이 있었다. 단풍 못지않게 화려한 머리를 자랑하는 사람도 있었고 기타를 등에 메고 다니는 사람도 자주 보였다. 혼자 음악을 듣는 사람, 조용히 앉아 책을 읽는 사람, 한데 모여서 알아들을 수 없는 이야기를 떠드는 사람들, 혼자 쭈그리고 앉아 울고 있는 남학생도 있었다.

대학생들의 꿈은 무엇일까. 자신의 꿈을 이룰 수 있을까. 큰누나의 말이 머릿속에 맴돈다. 나중에 내가 이 대학에 다닐 수 있다면 행복할까, 작은누나처럼 그저 그럴까? 그래도 다른 대학에 다니는 것보다는 행복할까. 입학할 때 잠시 더 행복할 수는 있지만, 그걸로 행복이 결정되는 걸까. 모두 대학과 행복의 관계가 허상이라는 걸 알면서도 믿고 있는 척하는지도 모른다.

한참 걸어서 다리가 아팠다. 이제 저물어 가는 푸른빛이 공기에 녹아난 듯 상쾌하고 쌀쌀한 공기가 폐 속 가득 들어왔다. 작은누나나 과외에게는 연락하지 않았다. 놀라게 하고 싶은 건 아니다. 만나도 좋고, 만나지 않아도 좋겠지.

캠퍼스에는 온갖 현수막이 걸려 있었다. 청소 노동자들의 임금을 현실화하라, 네 귀를 뚫어 드릴drill 토익 선착순, 교육 권리는 누가 보장해 주는가, ○○○과 함께하는 취업 박람회, 열·공·백·배와 함께하는 한자 2급, 당신들의 공정한 사회를 위한 연대와 투쟁, 정부 지원 국비 유학생 모집 안내……. 각양각색의 현수막들이 사이좋게 나란히 걸려 있었다. 현수막을 읽다 보니 대학교에 와 있다는 실감이 들었다.

국어국문학과, 중어중문학과, 영어영문학과, 엄마가 좋아하는 노어노문학과, 언어학과, 국사학과, 동양사학과, 서양사학과, 국사와 동양사학과 서양사학이 또 다르구나. 하긴 그렇겠다. 철학과, 종교학과, 법학과, 법학과가 작은누나 전공이지? 정치외교학과, 사회학과, 인류학과, 사회복지학과, 통계학과, 경영학과, 산업공학과, 원자핵공학과, 와, 원자핵이라니 뭔가 대단해 보인다. 조선해양공학과, 동양화과, 서양화과, 조소과, 교육학과, 국어교육과, 수학교육과, 식품영양학과, 의류학과, 약학과, 작곡과, 기악과, 국악과……. 과외는 전공이 뭐였더라?

수많은 전공과 수많은 꿈을 이룰 수 있는 기회가 저기에 있었다. 내가 처음으로 선택하고 공부하게 될 것도 있겠지. 공부 외에 다른 길도 있겠지만 어쨌든 내가 할 수 있는 건, 그러니까 80%가 대학에 진학하는 지금, 내가 선택할 수 있는 건 우선 공부였다. 고등학교 졸업까지 아직 일 년이 넘게 남았지만 다른 길을 찾지 못했다. 갑자기 숨겨진 재능이 툭 튀어나오진 않았다.

지금 염두에 두고 있는 과가 내 적성에 맞을지 확신은 없다. 나중에 얻게 될 직업과 무관할지도, 잘못된 생각이었다고 후회할지도 모른다. 잠시 눈을 감고 내 길이 즐겁기를 빌었다. 무슨 길인지는 아직도 모르지만.

어쨌든 좋았다. 완전한 내 선택이 아니더라도, 누군가에게 영향을 받았더라도 앞으로의 삶에서 '나'를 넓히면 되겠지. 자백은 병이지만 가끔 필요하다.

잠시 눈을 감았다 떴을 뿐인데 어질어질했다. 눈앞에 얼룩들이 떠다니는 것 같다.

작은누나나 과외한테 연락하려는데 공중전화가 보이지 않았다. 휴대전화를 없애고 나서 불편한 건 나보다 주변 사람들이었다. 심심하다는 생각은 들었어도 불편하다는 생각은 들지 않았는데. 심심할 때면 영어 단어장을 꺼내며 이 시간에 공부하는 게 낫지 하면서 위안했다. 캠퍼스 안내도에 공중전화 위치는 나와 있지 않았다. 무작정 걸어 다니며 두리번거렸다. 왠지 이 대학에 다니는 사람들에게 물어보기 싫었다.

뱅글뱅글 대학 캠퍼스를 돌아다니다가 익숙한 얼굴을 찾았다. 많은 사람들 중에, 선명히 보이는 것도 아닌데 이상하게 가족들의 얼굴은 분명하게 눈에 들어온다. 이게 핏줄의 힘일까? 핏줄의 힘 덕분에 나는 과외와 손을 잡고 있는 작은누나를 찾을 수 있었다. 낯선 옷차림의 작은누나를 만났다.

과외나 작은누나가 당황하는 건 처음 봤다. 늘 차분한 과외, 항상 침착한 작은누나가 당황하다니. 단풍만큼이나 두 사람의 얼굴도 벌게졌다. 작은누나가 슬쩍 과외의 손을 놓았다.

"너, 너, 여긴 왜?"

"왜? 나는 여기 오면 안 돼?"

"반갑, 구나 하하하. 그래, 그러니까 하하."

과외는 계속 어버버거렸다. 과외보다 작은누나의 얼굴이 더 빨리 식었다.

"배, 배고프겠구나. 어디 가서 뭐라도 좀 먹을래?"

과외는 말투까지 바뀌어 있었다. 준엄한 말투는 어디로 사라지고 묘하게 애교가 섞여 있었다. 과외도 저런 말투와 저런 표정을 지을 수 있었다.

"점심 먹었지? 저녁 먹기에는 이르고."

"커피나 한잔하는 게 어때?"

"쪼그만 게 커피는 무슨 커피야."

"선배, 그러지 말고 커피 마시러 가자. 응?"

"참, 과외 쌤이 후배죠?"

"어, 그게, 응, 그렇지."

과외는 작은누나에게 약해 보인다. 나이는 비슷할 텐데 후배라서 그런가. 화가 난 듯 작은누나가 앞장서서 걷기 시작했고 나랑 과외가 쫄래쫄래 따라갔다. 과외는 계속해서 날씨가 좋다는 둥, 어쩐 일이냐는 둥, 새로 개봉한 영화가 어떻다는 둥 아무 상관 없는 이야기를 늘어놓았다. 나는 새로 개봉한 그 영화를 방금 보고 오는 길이며 저번에 학교로 놀러 오라고 하지 않았느냐고 대꾸했다. 다시 과외의 얼굴이 타올랐다. 주운 단풍은 과외에게 주어야겠다.

캠퍼스는 넓기도 넓어서 십오 분을 걸어서야 카페에 도착할 수 있었다. 그동안 작은누나는 한마디도 하지 않았다. 작은누나를 놀려 먹고 싶다.

나는 캐러멜 라테, 작은누나와 과외는 아메리카노를 시켰다. 둘 다 쓴 걸 좋아하나. 커피맛은 잘 모르지만 캐러멜이 들어간 것이라면 맛있겠지.

"얼마면 돼?"

"글쎄. 누나 치마 입은 거 정말 오랜만인 것 같아. 아, 처음인가?"

"선배, 왜 그래?"

"집에서 얘가 떠들면 피곤해져. 안 그래도 요즘 결혼 때문에 미치겠어. 논문도 안 풀리는데 자꾸 나이만 먹어 가고. 규범이 넌 몰라."

과외 이름이 규범이었구나. 분명 처음에 과외 시작할 때 자기소개를 하기는 했는데 잊어버렸다. 과외는 나에게 그냥 과외였다. 성은 뭐였더라?

"선생님 이름이 규범이에요?"

"넌 니 선생 이름도 몰라?"

작은누나는 평소보다 더 까칠하다. 과외도 예전 말투로 슬슬 돌아온다. 하지만 이제 과외의 말투는 특별하지 않다. 과외는 잃어버린 권위를 찾지 못하겠지. 아, 이렇게 내 마음속의 한 영웅이 또 쓰러졌다.

"둘이 언제부터 사귄 거야?"

"대답하지 마. 얘 떠들면 피곤해."

과외의 말을 작은누나가 미리 막았다. 역시 과외보다 작은누나가 한 수 위였다. 안 넘어오는군.

"결혼하면 되잖아?"

"결혼은 무슨, 학위 받기 전까지는 결혼 안 해. 그리고 얘는 졸업도 안 했는걸."

"이제 곧 졸업인데 너무한다. 그리고 제자 앞에서 얘가 뭐야, 얘가."

"빨리 취직이나 하지?"

"누가 놀아?"

과외는 다시 평범한 말투로 돌아갔다. 아무리 봐도 과외의 이상한 말투는 콘셉트였다. 작은누나랑 둘이서 아웅대는 걸 보니 분명했다. 두 사람은 내가 있다는 사실을 금세 잊은 양 취직 문제를 가지고 토론을 벌였다. 내가 알아듣지 못하는 소리가 절반이었고, 관심 없는 이야기가 절반이었다. 돈을 많이 주는 곳은 힘들고 편한 곳은 월급이 짜고, 어디를 가나 정년 보장은 어려운데, 그렇다고 골라 갈 형편도 아니라는 이야기였다. 진로 문제를 두고 나에게 설교를 하던 두 사람이 미래를 두고 눈치를 살폈다.

카페는 시끄러웠다. 큰누나보다 머리가 긴 남자부터 담배 피우는 여자까지 각양각색이었다. 시끄러운 카페에서 공부를 하는 사람들도 있었다. 신기했다. 피규어들도 있고 만화책들도 제법 많았다. 그런데 음악은 또 클래식 같은 게 나왔다.

"역시 여긴 별로야."

작은누나가 툴툴거렸다. 과외는 그러니까 좀 더 걸어도 후문 근처 카페로 가는 게 낫지 않았냐고 말했다.

"다리 아파. 차라리 아빠 카페가 낫지 이게 뭐람. 비싸고 시끄럽기만 하고. 인테리어 좀 예쁜 게 대수야? 밥집 대신 죄다 카페라니까."

아빠 카페?

"아빠 카페가 무슨 말이야?"

"몰라?"

되레 작은누나가 이상하다는 듯 나를 쳐다봤다.

처음으로 횡단보도를 건너왔다. 지난 이 년 동안 한 번도 혼자 건너지 않았던 횡단보도를 오늘 처음 건너왔다. 바닥에 그려진 흰 사다리를 하나씩 밟을수록 아빠가 선명하게 보이는 것 같다. 실제로 보일 거리도 아니고 내 눈은 나쁜 편인데. 그런데 카페 안에서 움직이는 남자의 실루엣이 아빠라는 것을 느낄 수 있었다. 사다리가 줄어들면서 어느덧 나는 횡단보도를 완전히 건너 카페가 들여다보이는 곳에 섰다. 카페 이름을 어디서 본 것 같다.

작은누나 말대로였다. 아빠는 회사원이 아니었다. 회사원을 그만두고 다시 회사원이 되었으리라고 생각했던 아빠가 카페를 하고 있었다. 밤에 잠이 잘 안 온다며 커피 대신 녹차를 고집하던 아빠가 카페를 하고 있었다. 정장 위에 하얀 앞치마를 두르고 주문을 받고 있었다. 앞치마를 빼면 정장은 아빠가 나를 만날 때 입고 나오는 것과 비슷했다.

카페 문 앞에서 잠시 망설였다. 이미 횡단보도는 건넜다. 이제 건너오는 것은, 건너올 차례는 아빠라는 생각이 들었다. 투명한 유리문이 무겁고 두꺼워 보였다. 이때 좋은 성적표라도 있으면 얼마나 좋을까. 1등, 아니 3등이라도 적힌 성적표가 있다면 어떨까. 뭐라도 있으면 갑작스러운 아빠와의 만남이 한결 편해질 텐데.

오늘은 이만 돌아갈까. 아니, 들어가서 태연하게 주문을 할까. 아빠는 내 주문을 받으려다가 깜짝 놀라겠지.

어떻게 할까.

카페에 있던 손님이 문을 열고 나왔다. 나는 주춤 뒤로 물러나다가 아빠와 눈이 마주쳤다. 정찰은 철저하게 했는데 마음의 준비는 하지 못했다. 왜 영현이가 데뷔 경기 때, 유리한 상황에서 밀어붙이지 못하고 주춤거렸는지 알 것 같다. 멈칫하던 아빠가 천천히 문 앞으로 걸어오는 게 보인다. 의자 다섯 개가 그려진 앞치마를 두른 채.

아빠가 유리문을 가게 안쪽으로 당겨 열었다. 커피 냄새와 함께 아빠 냄새가 난다. 앞치마가 생각보다 잘 어울렸다.

"카페 이름은 '다섯 자리'인데 테이블은 열 개쯤 되네?"

"처음에는 다섯 개를 두고 자그마하게 시작했는데 장사가 잘되어서 조금 확장을 했지. 허허."

아빠는 쑥스러운 듯 말끝마다 웃었다.

"왜 속인 거야?"

"속인 게 아니라…… 허허, 말을 안 했을 뿐이란다."

"난 아빠가 또 회사 다니는 줄 알았어."

"또?"

"그냥, 아빠가 회사 다니는 것 말고 다른 걸 한다는 걸 상상해 본 적이 없어서. 그냥, 아빠한테는 회사 다니는 게 어울릴 것 같은데."

"허허, 뭐 마시고 싶어? 가게를 확장한 아빠의 솜씨를 보여 주지."

평소보다 아빠는 말이 많았다. 칠판 비슷한 벽에 분필로 여러 메뉴가 씌어 있었다. 아빠 글씨체다. 오래간만에 아빠 글씨체를 본다. 가늘고 길면서 반듯한 글씨다. 나는 말할 것도 없고 큰누나와 작은누나 모두 글씨체만은 아빠를 물려받지 못했다. 큰누나는 동글동글하고 화려한 글씨체를, 작은누나는 개성 없는 딱딱한 글씨체를 가졌고, 나는 나만 겨우 알아볼 수 있는 악필이다.

"그냥, 아무거나. 나 이런 거 잘 몰라."

"기다려. 아빠가 맛있게 한 잔 만들어 줄게."

자리를 뜨면서 아빠가 이마의 땀을 훔치는 모습이 보였다. 여름도 지나갔는데, 밤에는 좀 쌀쌀한데.

손님이 들어왔다. 아빠는 자연스럽게 주문을 받고, 돈을 받고, 쿠폰에 도장을 찍었다. 붙임성 없고 말수가 적은 아빠가 손님과 편하게 인사를 하고 주문을 받고 미소를 지었다. 아빠에게 저런 모습이 있을 거라곤 생각해 본 적이 없다.

"미안. 손님이 와서. 자, 이거 한번 마셔 봐라. 밤이라서 커피는 좀 그렇고, 아빠가 자신 있는 녹차 라테다. 허허."

녹차 라테…….

"아빠는 커피도 잘 안 마시더니 카페를 하네."

"쉿, 손님들이 들을라. 지금도 커피는 잘 안 마셔. 원래는 전통 찻집을 해 볼까 했는데 다들 이곳은 커피를 파는 편이 더 좋다고 해서. 주변에 회사들도 있고 바로 앞에 버스 정류장도 있거든. 차도 몇 종류 팔아. 차를 마시거나 테이크 아웃 하는 손님들도 꽤 있고."

또 손님이 들어왔다. 아빠는 미안한 얼굴로 계산대로 돌아가 주문을 받았다.

"사십 분, 아니 삼십 분만 기다릴래? 조금 더 있으면 문 닫거든."

아까부터 하고 싶었던 말이 있다. 이 말을 하는 데 용기가 필요했다.

"내가 도와줄 일, 없어?"

아빠의 놀란 표정에 내가 다 민망했다. 저럴 것 같아서 용기가 필요했는데.

"어차피 나중에 사회 나가면 평생 일해야 한단다. 지금은 어른 흉내 내지 말고, 녹차 라테를 맛있게 먹어 주면 좋겠구나."

잠시 큰누나 흉내나 내야겠다.

"나 신경 쓰지 말고 편하게 일해. 카페에서 공부하는 애들도 많던데 나도 책이나 좀 보지, 뭐."

책을 보는 척하면서 아빠를 읽었다. 주문을 받고, 음료를 만들고, 손님이 앉았다가 간 자리를 치우고, 두꺼운 머그잔을 씻고. 아빠의 움직임 하나하나를 읽었다. 녹차 라테 때문일까. 아빠의 모습을 보는 게 생각보다 편안했다. 장사가 잘된다니 다행이다. 용돈을 더 뜯어내도 되겠군.

"여기까지 왔는데 안 올라가?"

"허허, 아까 이야기했잖니."

"진짜 안 올라갈 거야?"

아빠는 대답 대신 빙긋 웃었다. 더 이상 조르면 반칙이겠지. 아까 충분히 이야기한, 이야기된 일이다. 아직은 때가 아닐 수도 있고 그때가 영원히 오지 않을 수 있다는 것도 안다.

"……조심해서 올라가렴. 아, 참."

"응?"

"아마, 순전히 내 생각이다만, 아빠가 할아버지의 꿈이 아니었을까 싶구나."

아빠는 아파트 입구까지 날 데려다 주고 다시 타고 온 택시를 타고 돌아갔다.

술을 처음 마신 건 아니다. 지난번에 엄마랑 누나들이랑 와인도 마셨고 수학여행 때 몰래 맥주도 마셔 봤다. 하지만 아빠와 술을 마신 건 오늘이 처음이었다. 술은 어른에게 배워야 한다며 아빠는 폼을 잡아 가며 술을 따라 주었다. 영화에서는 더 멋지던데.

한참 동안이나 어색했던 분위기는 차츰 누그러졌지만 헤어질 때까지 완전히 편해지지는 않았다. 엄마하고는 별로 어색한 게 없는데 아빠하고는 오래 있으면 오래 있을수록 어색했다. 언제부터 아빠를 어색하게 느꼈을까.

"아빠는, 농사를 짓고 싶었다."

아빠는 농사를 짓고 싶었다고 했다. 어렸을 때부터 농사짓는 게 재미있었다고 했다. 하지만 아빠는 중학교 때부터 시골집을 떠나 도시에 와서 공부를 해야 했다. 할아버지는 아빠가 농사일 돕는 걸 아주 질색했다. 다른 가족들의 원망을 들어 가면서도 할아버지는 아빠 손이 하얗게 남기를 바랐다. 그래서 넉넉하지 않은 시골 살림에 무리를 해서 도시로 유학까지 보낸 할아버지의 결정을, 그 마음을 아빠는 배신할 수 없었다.

그렇다고 아빠가 아주 우수한 학생이었던 건 아니다. 시골에서는 줄곧 1등을 하던 아빠였지만 도시는 시골과 달랐다. 열심히 했지만, 꼭 열심히 했다고만은 할 수 없지만 중상위권, 딱 그 정도였다. 논 것은 아닌데 그다지 공부도 열심히 하지 않은 그런 어정쩡한 학생이었다고 아빠가 말했다. 할아버지는 아빠가 판검사가 되어서 집안을 일으키기를 원했지만 그건 아빠의 머리와 노력과 관심과는 거리가 멀었다.

"할아버지 돌아가신 지가 언젠데, 농사지으면 되잖아."

"내려가면, 니들을 자주 볼 수 없잖아. 귀농하면 오기 어려워. 농사일은 바쁘고 힘들거든. 아름답기만 한 건 아냐."

아빠는 내가 어색하지 않은가 보다. 아빠의 속마음을 듣는 건 처음이었다.

"나중에, 좀 더 나중에, 그때도 힘이 남아 있으면 그때나 한번 지어 볼까. 어쩌면 이루지 못한 꿈이라서 더 아름다울지도 모르지. 잊지 말고 꾸준히 꾸면, 이루지 못한 꿈도 생각보다 아름답단다."

맥주잔을 천천히 흔들며 아빠가 말했다. 나도 아빠를 따라 맥주잔을 천천히 돌려 보았다. 맥주잔 속에서 기포가 뽀르르 우르르 올라온다. 황금색 액체 속에서 작은 공기 방울이 올라오는 모습이 예쁘다. 힘차게 올라온 기포는 표면에 닿자마자 하얀 거품이 되어 바스러졌다.

"내 꿈을 너에게 억지로 밀어 넣고 싶지는 않구나. 물론 공부 잘하면 좋겠지만…… 솔직히 부모 된 마음으로는 공부 잘하는 게 아들의 꿈이면 좋지, 허허."

"아빠, 그럼……."

"응?"

"할아버지의 꿈은 뭐였어? 할머니는?"

아빠의 얼굴에 당혹감이 스쳤다. 아빠는 잔을 들어 맥주를 크게 몇 모금 마셨다.

"……글세, 모르겠다."

.

오늘따라 침대가 유난히 포근하다. 침대에 엎드려서 가죽 공책에 아빠의 이야기를 적어 내려갔다. 잊기 전에 아빠의 이야기를 기록해 두고 싶다. 어차피 못 쓰는 글씨, 글씨가 삐뚤해지는 건 신경 쓰지 않는다. 내가 쓰고 싶은 걸 쓰기만 하면 된다.

하루 종일 모든 것이 처음 겪는 일이었다. 누워 있는데 속이 안 좋다. 머리도 좀 아프고 멀미를 하는 것처럼 속이 울렁거린다. 조용히 일어나서 화장실에 가서 먹은 걸 다시 확인하는 작업을 거쳤다. 창문을 열자 모든 게 다 시원하다. 토하고 난 뒤라 그렇겠지.

5

"장장 한 시간 사십육 분 동안의 치열한 전투였습니다. 중계하는 저희도 목이 다 쉴 정도로 긴장감 넘치는 경기였습니다."

"이로써 김영현 선수는 남은 한 게임을 이긴다고 해도 탈락이 확정되었네요. 아, 정말 안타깝네요. 아주 잘했는데 말이죠. 대

진운이 없었다고 해야 하나요. 역시 죽음의 조는 죽음의 조였던 것 같습니다. 이렇게 잘하고도 탈락이라니 말이죠. 지난 리그 우승자와 지지난 리그 우승자에, 새롭게 떠오른 신예까지 포함되었으니 누가 떨어진다고 해도 이변은, 그렇습니다, 이변은 아닙니다."

"이로써 A조 첫 탈락자가 확정되었습니다. 이번 리그 첫 16강 탈락자가 확정되었습니다."

"하지만 오늘 이 경기는, 제가 이때까지 중계하면서 봤던 최고의 경기라고 자신합니다. 예, 정말 멋진 경기였죠. 아, 방금 연락이 왔는데 오늘 이 경기가 역대 경기 중에서 가장 긴 경기였다고 합니다. 긴 경기 시간 동안 집중력을 잃지 않고 잘 싸운 두 선수 모두 정말 대단합니다. 새로운 기록이 하나 탄생했네요."

모든 사람들이 박수를 쳤다. 영현이는 아주 잘 싸웠지만 조별리그에서 2패로 탈락이 확정되었다. 경우의 수, 복잡한 경우의 수 때문에 영현이가 남은 경기를 이겨도 소용없었다. 2패 모두 아깝게 졌기 때문에 보는 내가 다 마음을 졸였고 안타까웠다. 보통 이십 분 남짓이면 경기가 끝나는데 한 시간 사십육 분이나 싸웠다. 영현이에게 뭐라고 위로해야 하지? 잘 싸웠는데도 16강에서 탈락이라니. 부스에서 나오는 영현이에게 D가 다가가서 어깨를 다독여 줬다.

"야, 봤지, 경기 죽이지?"

영현이는 흥분해서 햄버거는 제대로 먹지도 않았다. 나는 어이가 없었다.

"너 졌어. 너 이긴 거 아냐. 충격이 커서 어떻게 된 거 아냐?"

"이기면 어떻고 지면 어때. 잘하면 된 거지. 안 그래?"

"진짜?"

흥분만 가라앉아 봐라. 두고두고 오늘 경기를 후회할걸. 영현이가 안쓰러워서 차마 이 말은 하지 못했다.

"아니. 당연히 이기면 더 좋은데, 후회는 없어. 두 번 다 지긴 했지만 정말 내가 생각해도 나, 잘했거든. 졌지만 정말 완벽한 플레이였어. 특히 오늘은 더."

"난 좀 아깝던데."

"넌 이런 기분 모를걸. 여튼 난 최고였어."

나는 영현이를 위로하려고 했는데……. 영현이에게 위로는 필요 없었다. 주변에서 영현이를 알아보는지 수군거리는 소리가 들렸다.

"그래, 너 잘났다."

"나 오늘 경기 끝나고 제일 먼저 무슨 생각 든 줄 알아?"

"뭔데?"

"학교 그만둘 거야."

"미쳤어?"

미쳤구나. 결국. 충격이 컸구나. 그럴 줄 알았다.

“벌써 절반 넘게 다녔잖아. 진짜 미쳤어?”

“응, 미쳤어. 미쳤으니까 남은 절반이라도 몽땅 여기에 올인할 거야. 올인러시!”

“졸업장은?”

“검정고시도 있고, 나중에 따면 돼. 어차피 학교는 최소 출석 일수만 겨우 채우고, 가면 잠만 자다 오는데, 뭐. 그동안 자신이 안 섰는데, 오늘 경기 끝날 때 깨달았어. 나, 여기에 올인할 거야.”

“너 너무 충격이 컸구나.”

계속 농담을 했다. 충격이 큰 것은 영현이가 아니라 사실 나였다. 영현이의 결단이 부럽고 부러웠다. 영현이가 프로가 되었을 때도 자랑스럽다는 생각은 들지 않았는데 처음으로 자랑스럽다는 생각이 들었다.

“그럼 대학은?”

“프로게이머가 대학을 나와야 하냐? 나중에 가도 늦지 않아. 프로게이머와 관련된 학과들도 있고.”

“위험한 거 아냐?”

“니가 공부에 올인하는 거나 내가 게임에 올인하는 거나 뭐가 달라?”

“저기, 김영현 선수시죠? 사인 좀 부탁드려요.”

아까부터 수군거리던 여자애들이 와서 사인을 받아 갔다. 영현이는 멋지게 'RooKie'라고 사인을 했다. 사인을 받은 여자애 하나가 나를 엉덩이로 밀어내고 영현이를 와락 껴안고 비명을 질렀다. 그 바람에 나는 손에 들고 있던 햄버거를 떨어뜨릴 뻔했다. 주변 여자애들은 휴대전화 카메라로 영현이를 열렬히 찍었다. 나는 물러서서 햄버거나 천천히 씹었다.

"오늘 경기, 진짜 멋있었어요!"

"진짜요!"

나는 자랑하려고 들고 갔던 성적표를 꺼내지 못하고 집으로 돌아왔다. 문득 키를 재 보고 싶었다.

"자자 백성들아. 이거 좀 하자. 돌려."

담임은 종이 한 뭉치를 교탁 위에 던져 놓고 칠판에 '진로 계획서'라고 썼다. 어디서 본 광경이다.

"성심성의껏 잘 작성해라. 니네들 나중에 대학 갈 때 보기도 하니까 꼼꼼하게 잘 써라. 전부 정시로만 대학 갈 거 아니잖아? 니네 선배들 보면 1학년 때 컴퓨터 프로그래머 쓰고 2학년 때 문과 가서 CEO 썼다가 3학년 때는 교사라고 했다가, 대학은 지리학과 가더라. 사람이 일관성이 있어야지 말이야, 일관성이. 니네가 지리학과 교수면 그런 애 뽑고 싶겠어? 어차피 대학이야 그때그때 점수 맞춰서 붙여 주면 감사합니다, 하고 가겠지만 생각 좀 하고 쓰라고. 축구 선수, 야구 선수 이런 것도 쓰지 말고. 내가 직접 물어봐서 아는데 박지성이하고 박찬호는 초등학교 때부터 잘했다고 하더라. 애들처럼 판사 의사 이런 것도 좀 쓰지 말고. 니네들이 초딩이냐? 현실성 있게 자기가 나중에 진짜 하고 싶은 걸 쓰란 말이야. 십 분 준다."

익숙한 말이다. 담임은 저걸 다 외우고 다니는 게 아닌가 하는 의심이 들었다. 다들 쓰는 소리가 들린다. 오 분도 안 되어서 다 쓰고 장난치다가 담임에게 한 대 맞는 애도 있었다.

"쌔앰! 근데 갑자기 웬 장래 희망 조사예요? 좀 있으면 3학년인데."

선배들은 사흘 뒤 시험을 친다. 몇십만 명이 하루에, 동시에 시험을 친다는 게 비현실적으로 느껴졌다. 모두 일제히 시험지를 받고, 풀고, 답한다. 다음 차례는 우리다. 비현실이 우리를 기다리고 있다. 시험은 선배들이 치는데 그들 못지않게 우리가 더 불안하게 들떠 있었다.

"누군 지금 하고 싶어서 하냐?"

"그럼요?"

"원래 학년 초에 해야 되는 건데 까먹었다. 이거 다 전산에 입력해야 되거든."

역시.

"쓸 거 없는 사람은 그냥 일관성 있게 1학년 때랑 똑같이 써.

혹시 알아? 꾸준하다고 나중에 대학에서 뽑아 줄지?"

"기억 안 나는데요?"

"넌 커서 뭐 되려고 그러냐?"

"히히 쌤 같은 선생님 될래요."

이번에는 효주가 아니다. 나는 효주를 힐끗 훔쳐봤다. 여전히 아름다운 효주는 머리를 귀 뒤로 넘겼다.

딸깍, 볼펜을 눌렀다. 이번에는 다행히 쓸 게 있다. 나는 자신 있게 진로 계획서를 채워 나갔다. 오늘은 종례 시간까지 끙끙대지 않고 십 분 안에 다 쓸 수 있었다.

아빠 카페에서 공부를 하면 모든 게 공짜다. 커피도 공짜, 조각 케이크나 빵 같은 것도 공짜, 다 공짜고 눈치 주는 사람도 없다. 처음에는 괜히 어색해서 가지 않았는데 독서실 휴일 때 가 보니 생각보다 편하고 좋았다. 아빠 구경하는 재미도 쏠쏠하고. 아빠가 일하는 모습도 이제는 자연스럽게 느껴진다. 아빠랑 이야기를 하는 손님들도 많다. 아빠와 단골이라.

원두 가는 소리도 편안하게 들렸다. 손님이 없을 때는 아빠도 내 옆에 와서 책을 본다. 농사에 관한 잡지거나 커피에 관련된 책이었다. 농사에 대한 잡지가 있을 줄은 몰랐다. 손님이 없는 어느 날에는 두 시간 동안 함께 앉아 있던 적도 있었다. 아빠는 매일 여기 와서 공부하는 게 어떻겠냐고 제안했지만 거절했다.

카페에서는 가끔씩 공부해야 효율적이다.

다시 성적표를 받은 날 아빠 카페부터 들렀다. 성적이 두 계단 떨어졌다. 왜 그런지는 모르겠지만 성적이 떨어진 성적표를 받는 순간 가장 먼저 아빠에게 보여 주고 싶다는 생각이 들었다. 아빠는 잘했다고 하면서 카운터에서 상자를 들고 왔다. 리본이 묶인 정사각형의 하늘색 종이 상자였다. 단순하게 생긴 종이 상자가 내 눈길을 끌었다.

"뭐야? 선물이야?"

"열어 보렴."

종이 상자는 잘 열리지 않았다. 리본을 풀어도 열리지 않아서 살펴보니 투명 테이프가 붙어 있었고, 그걸 떼도 열리지 않았다. 힘들게 종이 상자를 열고 보니 그 안에 든 것은 수백 개의 각설탕이었다. 하얀 각설탕이 유리병 안에 가득 들어 있었다.

"각설탕이네?"

"예쁘지? 아빠가 어렸을 때는 설탕이 귀했어. 중학교 때 처음 각설탕을 봤지. 할아버지가 하숙집에 올라오셨다가 안쓰러웠는지 각설탕 한 통을 사 주시고 가시더구나. 그때는 지금보다 훨씬 귀했지. 하나씩 숨겨서 아껴 먹느라 친구들에게 주지도 않았는데……. 공부하다 힘들 때 하나씩 먹으렴. 친구들도 나눠 주고. 어디에 넣어도 달콤하단다. 에스프레소에 각설탕을 넣으면 처음에는 쓰고 갈수록 각설탕이 녹아서 깊은 맛이 나지."

"요즘 이걸 누가 그냥 먹어. 그냥 설탕인데. 초콜릿도 아니고. 그리고 자꾸 커피 마시면 키 안 큰대."

말은 그렇게 했지만 예쁘고 아까워서 먹을 수가 없을 것 같았다. 가끔 힘들 때면 상자를 열어서 각설탕을 구경해야겠다.

살면서 선물을 주기보다는 받은 적이 훨씬 많다. 큰누나는 가끔 용돈을 주거나 옷을 사 왔고, 과외는 가죽 공책을 줬다. 그러고 보니 엄마는 매일 밥을 주는데 작은누나는 나에게 무슨 선물을 줬을까.

"할아버지, 라테 한 잔 주세요."

나랑 비슷해 보이는 여자애가 들어와서 아빠한테 라테를 주문했다. 아빠가 어디 가서 할아버지 소리를 들을 줄은 몰랐다. 아빠도 어린 시절이 있고 자랐다는 것은 알지만 아빠는 태어날 때부터 아빠인 줄 알았다. 카페에 앉아 있다 보면 아빠를 할아버지라고 부르는 사람들을 종종 본다. 그냥 아저씨나 사장님이라고 하지……. 아빠의 흰머리가 새삼 눈에 들어온다. 아빠 흰머리를 처음 보는 것도 아닌데 낯설다.

에필로그를 빙자해서 : 읽어도 좋고, 읽지 않아도 좋고

이야기는 끝났다. 펼쳐진 이야기보따리는 다시 접혀야 한다. 지난 일 년 동안에 있었던 일이다.

과정이 중요하고, 재미있는 것이다. 이야기의 주제를 찾고 한 문장으로 요약하려 든다면 굳이 말리지는 않겠지만 그냥 즐기는 게 어떨까? 샤워 후 거울을 보면서 스스로 잘생겼다고 생각하듯 나는 내 이야기에서 위안을 받았다. 다들 그랬으면 좋겠다.

심각한 척하다가 적당히 그렇게 모두들 잘 살았어요 하는 건 디즈니가 이미 특허를 냈다. 쉽게 나아지는 건 분명히 없다.

에필로그라고 썼으니 그 책임을 져야겠지. 상상에 맡겨도 되겠지만 독자들이 궁금해할 것 같다. 일종의 책임감이다. 야구도 마무리 투수가 중요하고, 게임에서도 마무리가 중요하다. 마무리를 잘못해서 역전패하는 경우도 허다하다. 지금이라도 늦지 않았다. 상상에 맡길 기회는 남아 있다. 마무리 투수가 못 미덥거나, 마무리 투수보다 더 잘 던질 자신이 있다면 지금이라도 에필로그 읽기를 포기하기를 권한다.

재혼한 큰누나는 회사를 다른 곳으로 옮겼다. 큰누나 말대로 능력자인지 이번에도 쉽게 회사를 옮길 수 있었다. 연봉은 오히려 줄었고 하는 일은 대학교 전공과 무관하고 불평도 여전하다. 왜 회사를 옮긴 건지 모르겠다. 엄마와 큰누나는 여전히 전화로 자주 다툰다.

큰누나가 없으니 허전했다. 키티가 이사 간 후 집은 예전처럼 조용해졌다. 러시아어 회화 소리를 더 자주 듣게 되었다. 작은누나는 여전히 바쁘다. 논문 준비가 한창이라고 한다. 언제 논문이 나올지 자신도 모르겠단다. 기회가 된다면 국회 도서관에서 작은누나 이름을 쳐 보라. 논문 준비 때문에 데이트할 시간도 없다고 누군가가 대놓고 투덜거리고 있다. 누군가는 이제 이상한 말투를 쓰지 않는다. '잘 지냈느냐. 수업 하자꾸나.' 대신 '안녕?'이라고 말했을 때 나는 배를 잡고 웃었다. 삼식이도 따라 웃었다. 아, 삼식이는 얄미울 정도로 건강하다. 제일 행복한 녀석이다.

아빠와의 정기적인 만남은 끝났다. 이제 언제든지 찾아가고 싶을 때 아빠 카페로 간다.

참, 별명이 생겼다. 담임이 매번 나를 은상이라고 부르다 보니 다들 은상이라고 부르기 시작했다. 금상도 아니고 은상이 뭐람. 별명으로 '1등'은 있겠지만, '2등'은 없……겠지……? 저러다 말겠지 했는데 졸업할 때까지 은상이라고 불릴 것 같다. 좋게 생각하면, 독특한 별명이다. 이제는 다른 선생님들까지 나를 보고 은상이라고 부른다. 좋게 생각하면, 관심의 표현이다. 기분 나쁜 건 아니다.

영현이는 신인왕 자리를 두고 치열하게 경쟁 중이다. 후반기에 접어들자, 전반기의 영현이보다 더 두각을 나타내는 프로게이머가 둘이나 더 등장했다. 신인왕이 되기 어렵다는 분석도 많이 나오고 있다. 영현이는 지지 않겠다며 조만간 자퇴를 하고 더욱 연습에 매진할 거라고 인터뷰를 통해 말했다. 며칠 전, 쉬는 시간에 복도에서 스트레칭을 하다가 영현이네 반에서 책걸상 한 쌍이 창고로 운반되는 모습을 봤다.

효주는…… 좋은 친구 사이로 지내고 있다. 같은 반이니까 친구지, 뭐. 쳇, 알고 보니 효주는 반장하고 사귀고 있었다. 곧 고3인데 무슨 연애질이람.

내일이면 겨울방학이다. 이번에도 방학은 없다. 이틀 쉬고 월요일부터 보충수업이 시작된다. 이번에도 여름방학 때처럼 용기는 내지 못하고 방학을 반납했다. 고3 선배들이 수능 시험을 친 다음 날, 선생님들은 하나같이 우리에게 "이제 너희가 고3이다."라고 말했다. 3학년은 아직 두 달 넘게 남았지만 벌써 고3이 된 기분이다. 어쨌든 방학은 없고, 공부를 핑계 삼아 야식을 먹다 보니 허리띠의 필요성이 점차 줄어들고 있다. 고3의 3이 가진 둥

그럼만큼 내 배도 곡선을 이루고 있다.

변명 같지만, 그러니까, 이것은 그냥 누군가의 이야기이다.

작가의 말

'작가의 말'을 몇 번이나 다시 고쳐 쓴다. 설명이나 변명을 하려는 건 아니다. 『상큼하진 않지만』은 이제 내 손을 떠났다. 시원섭섭하다.

감사하다는 말을 꼭 해야겠다. 살면서 감사 인사를 자주 하지만 늘 쑥스럽다. 말로만 감사한 시늉을 내는 것 같았다. 물질로 마음을 표현하기에는 가진 게 적었다. 오직 감사하다고 말하기 위해 작가의 말을 쓴다.

모두들 감사합니다.

'나보고 하는 말인가?'라는 생각이 들었다면, 맞습니다.

바로, 당신께 감사합니다.

–2012년 초겨울, 종암동에서

문학동네 청소년 16
상큼하진 않지만

1판 1쇄 2012년 12월 5일
1판 6쇄 2020년 11월 25일

지은이 김학찬
펴낸이 염현숙
책임편집 원선화
편집 서정민 홍지희 엄희정 이복희
디자인 선우정
마케팅 정민호 최원석
홍보 김희숙 김상만 지문희 김현지 이소정 이미희
제작 강신은 김동욱 임현식
제작처 영신사

펴낸곳 (주)문학동네
출판등록 1993년 10월 22일 제406-2003-000045호
주소 10881 경기도 파주시 회동길 210
전자우편 kids@munhak.com
홈페이지 www.munhak.com
카페 cafe.naver.com/mhdn
북클럽 bookclubmunhak.com
인스타그램 @kidsmunhak
트위터 @kidsmunhak
대표전화 (031)955-8888
팩스 (031)955-8855
문의전화 (031)955-3570(마케팅) (02)3144-3238(편집)

ISBN 978-89-546-1993-6 03810

· 잘못된 책은 구입하신 서점에서 교환해 드립니다. 기타 교환 문의: (031)955-2661, 3580
· 이 도서의 국립중앙도서관 출판예정도서목록(CIP)은 서지정보유통지원시스템 홈페이지(http://seoji.nl.go.kr)와 국가자료종합목록 구축시스템(http://kolis-net.nl.go.kr)에서 이용하실 수 있습니다.(CIP제어번호: CIP2012005408)